DIY生活百科

15

生活花藝
完全指南

Malcolm Hillier 著

DIY生活百科

全 系 列 其 他 書 目

（即將出版）

推薦序

從古迄今，花——即是人類的最佳代言人。舉凡敬天祭神、迎來送往、獎賞、傳情，莫不以一束燦爛繽紛的花來表達自己內心的感受。花也是大自然的畫者，一個平凡無奇的空間(不論室內、郊外)皆因花的點綴而整個鮮明起來。所以，花已經成為我們生活中不可或缺的一員。

隨著科技發達，植物育種技術的改進下，栽培出不少更美更香、四季不絕的花。花再也沒有季節性，而且地域性也消失了。你可以在花店中買到荷蘭的鬱金香、南非的普羅帝亞、澳洲的袋足花等等。

但唯一遺憾的是，你無法讓花的容顏永遠保留下來。短暫的時光，只能使你將剎那化為永恆。然而，拜科技之賜，乾燥花突破了此種障礙：經過乾燥的花，不僅無損其顏色，甚至可以藉由染料、噴劑來改變顏色，更易於相互搭配。而且，當你想改變室內氣氛時，可以重新組合原有的乾燥花，再搭配新的花器，又是一種全新的呈現。

《生活花藝完全指南》是由貓頭鷹出版社引進英國DK出版公司一系列DIY書籍中之一。內容完整的介紹了花藝的由來、鮮花擺設原則、乾燥花製作、擺設原則，以及花藝創作時的工具、技巧。是目前坊間書肆中，介紹最完整的一本花藝書籍。

尤其可貴的是，書中沒有任何硬性規則，即使是花藝新手，亦可隨著書中詳細的步驟說明，依樣畫葫蘆地創作出屬於自己風格的作品。精美的鮮花圖片、詳盡的解說，讓園藝門外漢也能與花店的工作人員侃侃而談。

花藝創作不再是侷限於各種流派，一盆有自己風格的作品，才是最佳的真情表達。讓我們一起隨著《生活花藝完全指南》的介紹，悠遊在萬紫千紅的花朵之中。

黃 增 泉

序於台北市
國立台灣大學植物學系
植物分類生態研究室
一九九九年十一月

A DORLING KINDERSLEY BOOK
www.dk.com

DIY生活百科15：生活花藝完全指南

DK POCKET ENCYCLOPEDIA: FLOWER ARRANGING

Copyright © 1990 Dorling Kindersley Limited, London.

Text copyright © 1986, 1987, 1988, 1990, Malcolm Hillier
and Dorling Kindersley Limited, London.

審定　黃增泉／翻譯　方貞云　葉萬音

系列主編　謝宜英　張瑩瑩

責任編輯　陳穎潔／特約編輯　王孝平

電腦排版　亞洲排版公司　李曉青

發行人　郭重興

出版　貓頭鷹出版社股份有限公司

發行　城邦文化事業股份有限公司

台北市信義路二段213號11樓

讀者服務專線　(02) 2396-5698

郵撥帳號　18966004　城邦文化事業股份有限公司

service@cite.com.tw

香港發行所　城邦(香港)出版集團

電話：852-25086231　傳真：852-25789337

新馬發行所　城邦(新馬)出版集團

電話：603-2060833　傳真：603-2060633

印製　五洲彩色製版印刷股份有限公司

初版　2000年1月

行政院新聞局出版事業登記證：局版北市業字第1727號

定價　新臺幣450元

ISBN 957-0337-41-9

目 錄

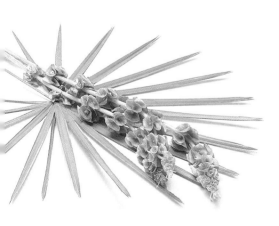

前言

　　花，是我們生活中重要的一部分。自遠古以來，每逢節慶時就常在使用它們。無論在任何場合或是情緒、感受當中，花都能適切地傳情達意。送一束簡單的鮮花給朋友或摯愛的人，常有不可思議的效果。在特殊的日子裡，以花朵點綴家中氣氛是極具代表性的展現。快樂時，花可以宣揚讚美；寧靜時，它化為詳和；悲傷時，它帶來慰藉。因此花朵之美，讓平凡無奇的日子增色不少。本書將教你如何把花藝之美融入日常生活中，並以上百種鮮花，以及乾燥花擺飾的創意妙用，來配合各種特殊節日和居家風格。本書也提供詳實的建議：如何在各式各樣的花草中，尋找屬於你的花材，以及如何運用它們為各種節日場合佈置氣氛：簡單或是隆重、正式，隨興、夏天或冬天，用鮮花或是乾燥花等等。

古代世界各國的花藝

　　古代的中國人，不論是從鄉間的野花到精心栽培的花草，都賦予其特殊含意。早期在宗教祭典上常用單種鮮花獻供。春天時，以牡丹和桃花最常見；夏天使用的是蓮花，菊花則是在秋天，梅花、白水仙、松柏是冬天常用的種類。

夏季慶典
以大海石竹、白花白頭翁、飛燕草、宿根豌豆、衛矛、黑莓、麥稈菊、福祿考、玫瑰、堯魯古斯草、西洋蓍草、大戟、婆婆納、千日紅做隨興的組合。

古埃及人為鮮花設計了特殊的花瓶，並常以植物為主題，做為花瓶的圖案。希臘人和羅馬人經常把花與節慶結合在一起；他們在宗教儀式中使用葉子和鮮花，為婚禮的新人、戰爭的英雄或是競賽勝利的運動員配戴花冠、花環或花圈。有時，他們也會在集會時撒滿一地香郁的玫瑰花瓣。

17、18世紀時期

在西方，生活花藝開始有文獻記載是在17世紀。當時德意志人專門繪製這種令人賞心悅目且隨性的花草蔬果擺設。而這種復古花藝也在今日重現，並大量使用色彩豔麗、香味濃郁的花材，色澤誘人的水果，如鳳梨、石榴、桑椹、山楂，搭配外形有趣的園藝蔬菜，如小捲甘藍、甘藍菜、豌豆、胡椒。

18世紀，許多陶器製造廠生產花瓶及桌上擺飾的瓷器。「威吉伍」（Wedwood）和「謝維爾」（Sèvres）是這段時期最知名的陶瓷製造商。豪門顯貴經常以花飾來佈置房子，當時剛引進且流行的壁爐架上，總是會擺上幾盆花；夏天時，壁爐的爐床上也會放上一盆花。花飾也很流行放在桌子上，進而成為房間裡的主角。

在英國，夏天最受歡迎的花包括玫瑰、康乃馨、鳶尾花、牡丹、飛燕草、附子、蜀葵。

菊花雖然在此時才由中國引進西方，不但沒有影

仿古幽情

17世紀法蘭德斯式插花，運用不同季節的花卉，包括百合、狐挺花、鳶尾花、杜仲、蜀葵、繡球花、藤蔓、飛燕草、康乃馨、鬱金香、煙草、宿根豌豆、菊苣、玫瑰、石蒜、罌粟花、桃花、石榴。

響它成為當世紀流行的花材，反而常被使用在點綴居家的生活花藝中。

19世紀

維多利亞時期仍保有生活花藝中的不規則性，所以拉土爾(Fantin Latour)能以畫筆將美麗、浪漫的花藝創作活躍於紙上。他們運用多樣豐富組合的花卉：絕大多數的植物都在19世紀引進，而維多利亞時期又是個培育種培植的年代。

他們將許多來自中國、非洲、南美洲的植物引進英國和美國，有些像是——紅星杜鵑、杜鵑花、牡丹、玫瑰、劍蘭——成為受喜愛的園藝植物。其他像秋海棠、荷包花、吊鐘花則在溫室中成長，夏季時才栽種於苗床。而類似康乃馨和阿爾卑斯櫻草這類植物，則以垂直、擴散式的發展，演化成上百種令人目不暇給的新品種。

玫瑰則交叉配種成為多重花瓣的絢麗花朵，而且大部分都散發迷人的清香。

但是溫柔的維多利亞仕女彷彿組合華麗的花卉，他們經常只使用單一花材，或摻雜少許長莖的觀葉植物如羊齒、禾本科植物或水燭。在生活花藝中，從這個時期開始使用強烈對比的用色，而且許多色彩的運用直到今天仍舊風行。

在19世紀後半期，許多有關花藝的書籍出版，其中的圖文詳細說明了晚宴和特殊的季節性節慶，包括花環、花圈、多層次的花飾或裝飾餐具架、宴會桌的同心圓花圈等。甚至在畢頓夫人的《管家手冊》（Household Management）中也提到花藝。

花藝的風潮在美國擴展開來，色彩亮麗及新品種花材隨處可見，例如大麗花、金蓮花、紅星杜鵑、山茶花。在當時，女性的戶外休閒活動很少，女性雜誌便大量報導有關如何照顧或佈置鮮花的文章。不久，在每個房間裡擺盆鮮花成為一種規範。

19世紀晚期，花藝成為印象派畫家（Impressionist painters）的主題，從梵谷（Van Gogh）的《向日葵》（Sunflowers），柏納（Bonnard）筆下豐富色彩的沖擊，到馬奈（Manet）及莫內（Monet）。他們以各種不同風格來呈現這些花的韻味、香味和色彩，而非單純的寫實描繪。

追隨季節

17世紀時，法蘭德斯和義大利畫家藉著藝術的顛覆性，在花瓶上畫滿了不分季節的花團錦簇；如今在現實生活中我們也幾乎辦到了，因為越來越多的鮮花一年四季都開放。

除了當季的花材，在花店也有許多來自世界各地珍奇、美麗的花朵。然而，維持花朵最自然的風格，就是呈現出季節性。初夏，是一年中花朵的最佳時期，顏色最是豐富而具靈氣：紅、藍、桃紅、杏紅、乳白、鮮黃、淡黃都與嫩綠的觀葉植物相映成趣。夏天也是充滿銀色，淡紫和粉紅的季節。

烽火和夕陽的顏色，正是秋天花朵的色彩。初冬時節，花是非常稀有的，但是冬素馨、聖誕玫瑰、酸漿和一些香紫羅蘭和天鼠刺仍在寒冬中綻放。轉眼間，陰霾開始遠離，小黃花和小白花冒出頭來，風信子、綿棗兒、鳶尾花有如一抹清澈的藍，回應春色滿人間。

乾燥花的歷史

鮮花的短暫性呈現出其珍貴本質，然而能將它們長久保存也相當令人喜出望外。幾乎每種植物都能製成乾燥花草保存。

某些花草在乾燥後仍保有其芬芳，幾世紀以來，常被做為裝飾房間及香料。17世紀時，有香味的花束經過乾燥後，常被佩帶在身上預防瘟疫。

19世紀，維多利亞時代的人們想像力受到了引進大量花卉植物的刺激。熱中此道的人在家中製作許多美麗的壓花作品和乾燥花草的花藝擺設。之後，乾燥花的風潮漸漸式微。直到1970年代早期，商店常供應的種類只侷限於一些禾本科植物、星辰花和麥稈菊，而且通常都染成相當極端的顏色。

風潮再現

大約15年前，一些頂尖的花藝家開始實驗性地使

花壇花園（對頁）

有一個大花園是你可以栽種豐富、多樣化組合的外圍園區。初夏時，這些花壇將開滿黃色、白色的西洋蓍草、飛燕草和羽衣草。

用風乾的花卉及葉類。他們發現，比起現成的乾燥花，許多平常拿來乾燥的花材其實可以保有大部分的自然原色。因此，花藝家開始長期生產並供應乾燥花，包括有玫瑰、飛燕草、千鳥草、落新婦、線狀瞿麥、含羞草，以及許多花卉、禾本科植物、種子結球植物和葉子。

由於花的品種每年不斷增加，促使人們有興趣將乾燥花成為一種新興產業。現在，全球各地都有專業的乾燥花培育苗圃，因此你可以買到各種不同國家的乾燥花成品。

乾燥的技巧

雖然，風乾是最簡單、最有效的植物與花材保存方式，不過，仍可藉由許多其他的技巧，例如化學乾燥劑和砂土可以將花材的水分釋出，保留大部分的原色及質地。甘油能取代許多葉片及少數花材的含水成分，但是保存了組織卻往往讓顏色改變。將花材平壓在兩張吸水紙中間的方法，可以保有原色卻使花材扁平，比較適合嵌放在玻璃下。所有這些技巧都將在本書中有詳細的說明。

花藝花園

如果你幸運的有座花園，栽種自己可以採收、處理的植物顯然較為容易，不論是鮮花或自製乾燥花。全程參與花材栽種、保存、擺設是十分有趣的經驗。將天花板掛滿自己親手栽種做成的幾束混合乾燥花，也是相當令人振奮的。

即使是6公尺長9公尺寬的小花園，也足以讓你栽種製作三到四把大型乾燥花擺飾的花材，不至於

頂上風光（上圖）
這個編織的花籃內，是先塞滿田野的禾本科植物，再相互交錯插進黃色蠟菊、籟簫、鱗托菊、西洋菁草和繩子草。

嚴重影響花園外觀。

乾燥花的花材必須在花朵完全盛開的前一刻採收，這是你規畫花園的重點。花壇的四周也必須栽種，否則，花草採收來製作乾燥花後，就會變成一片荒蕪。目前流行的混合式花壇花園，可以種植包括草本四季植物、灌木、爬藤類、玫瑰、一年生植物，使花園成為適合栽種一些絕佳乾燥花材的理想地點。然而，羊齒的複葉、長莖植物，以及種子結球植物等許多乾燥花必要的搭配素材，大多是燈心草和蕨類植物。它們適合生長在較潮濕的土壤，因此最好種植在另一個獨立的花園。

乾燥花的擺設要訣

親手栽種並製作乾燥花材，或是單純的買束鮮花、乾燥花，這只是生活花藝的入門而已。

本書以實例示範如何處理花卉擺設的技巧。然而，我們必須承認花藝是沒有規則的，沒有哪些鮮花或乾燥花的搭配組合是完美的，也沒有哪些切確的顏色配搭是最佳的選擇。最理想的建議是，當你創作花藝時跟著自然的感覺走。

本書廣泛介紹可以親手栽種和乾燥的植物種類，展示這些花材的可能處理方式，靈感通常是取材於植株在大自然的生長方式及形態。有些簡單易懂，有些配合特殊場合的則較為複雜。每個人在發展創意時都需要一些靈感的啟發，本書提供你的正是這方面的協助。

香味的語調
所有的鳶尾花當中，單純色調的組合最能展現清新、甜美的香氣。

鮮花

第一章
鮮花與觀葉植物導覽

一年四季，有大量豐富的花材可供我們
使用。歲末冬了之際，
總有那神奇時刻讓第一朵番紅花
和水仙報到。剎那間，田園和圍籬之間
因百花綠葉齊放而甦醒過來，
枯黃的季節不再。
夏季時，色彩重新調配，粉紅、
鮮紅、粉藍、以及偶爾出現的
鮮黃色花朵，主宰一切。
秋天展露了更多柔和的顏色：咖啡色、
紅色、琥珀色、金黃色和橘黃色
掌控了疆界，不過尚有少數淺粉、乳白
及白色花朵在其中。冬天時，花卉
稀少，必須仰賴深綠的四季生觀葉植物
及紅色的冬天漿果。

夏季芬芳

初夏的陽光溫暖了這一籃可愛的鮮花——飛燕草、牡
丹、大薊草、香豌豆、笑靨花、花楸、翠珠花、香
芹。牡丹和香豌豆的香味更增添感官上的享受。

春天的花

白野芝麻
Lamium album

迷迭香
Rosmarinus officinalis

連翹
Forsythia × *intermedia*

紫羅蘭
Viola odorata

蘭花
Cymbidium hybrid

紫草
Borago officinalis

勿忘我
Myosotis alpestris

珍珠花
Spiraea thunbergii

猶太錦葵
Kerria japonica 'Pleniflora'

雪球莢蒾
Viburnum opulus 'Roseum'

報春花
Primula vulgaris

櫻草
Primula denticulata

西洋水仙
Narcissus 'Professor Einstein'

西洋水仙
Narcissus 'Sir Winston Churchill'

時鐘花
Vinca major

西洋水仙
Narcissus 'Interim'

西洋水仙
Narcissus 'Kingscourt'

西洋水仙
Narcissus 'Golden Lion'

風信子
Hyacinthus orientalis

西洋水仙
Narcissus 'Tahiti'

西洋水仙
Narcissus 'Silver Chimes'

葡萄風信子
Muscari armeniacum

春白菫
Leucojum vernum

西洋櫻草
Primula Polyanthus

蓮香花
Primula veris

康復利
Symphytum orientale

日本茵芋
Skimmia japonica

山楂樹
Malus floribunda

山楂樹（雜交種）
Malus × lemoinei

梨花
Pyrus communis

鬱金香
Tulipa 'Golden Mirjoran'

阿爾卑斯櫻草
Primula Auricula

鬱金香
Tulipa 'Angelique'

伯利恆鼠尾草
Pulmonaria saccharata

紅星杜鵑
Rhododendron cv.

尖尾櫻
Prunus sargentii

花醋栗
Ribes sanguineum

白花白頭翁
Anemone coronaria
'The Bride'

貼梗海棠
Chaenomeles speciosa

香紫羅蘭
Cheiranthus cheiri

紫丁香
Syringa vulgaris 'Mme
Florent Stepman'

山茶花
*Camellia
japonica*

鬱金香
Tulipa 'Estella
Rijnveld'

三色堇
Viola ×*wittrockiana*

卡氏莢蒾
Viburnum carlesii 'Aurora'

四旬齋玫瑰
*Helleborus
orientalis*

狹瓣洋玉蘭
Magnolia kobus

復活節金鳳花
Pulsatilla vulgaris

金雀兒
Cytisus albus

嚏根草
Helleborus foetidus

義大利海芋
Arum italicum pictum

大黃
Rheum rhaponticum

亞歷山大茴香
Smyrnium olusatrum

日本繡線菊
Spiraea japonica
'Goldflame'

宜母子葉
Tilia ×europaea

君子樹
Acer pseudoplatanus

落葉松
Larix decidua

衛矛
Euonymus japonicus aureus

金銀花
Lonicera periclymenum 'Belgica'

無花果
Ficus carica

穗子千金榆
Carpinus betulus

馬栗樹
Aesculus hippocastanum

貓柳
Salix caprea

苦扁桃大戟
Euphorbia amygdaloides robbiae

紫丁香
Syringa vulgaris

夏天的花

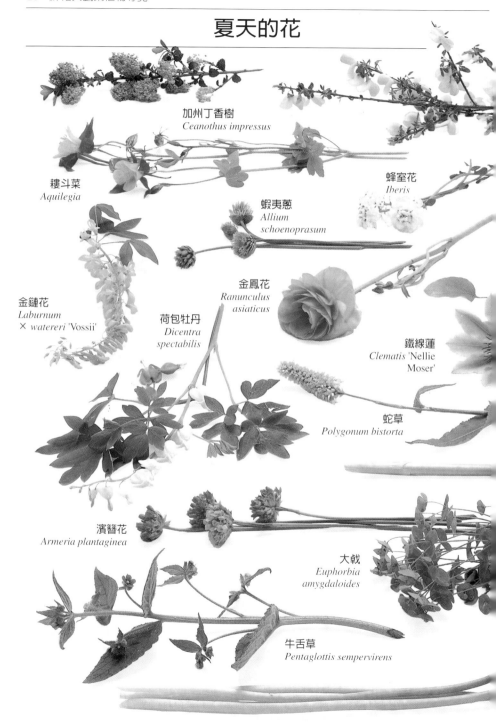

加州丁香樹
Ceanothus impressus

耬斗菜
Aquilegia

蜂室花
Iberis

蝦夷蔥
*Allium
schoenoprasum*

金鳳花
*Ranunculus
asiaticus*

金鏈花
*Laburnum
× watereri 'Vossii'*

荷包牡丹
*Dicentra
spectabilis*

鐵線蓮
*Clematis 'Nellie
Moser'*

蛇草
Polygonum bistorta

濱簪花
Armeria plantaginea

大戟
*Euphorbia
amygdaloides*

牛舌草
Pentaglottis sempervirens

花楸
Sorbus aria
'Lutescens'

金雀兒
Cytisus × praecox

梯葉花蔥
Polemonium foliosissimum

翠珠花
Anthriscus sylvestris

鳶尾
Iris cv.

草玉鈴
Convallaria majalis

西班牙藍鈴花
Hyacinthoides campanulatus

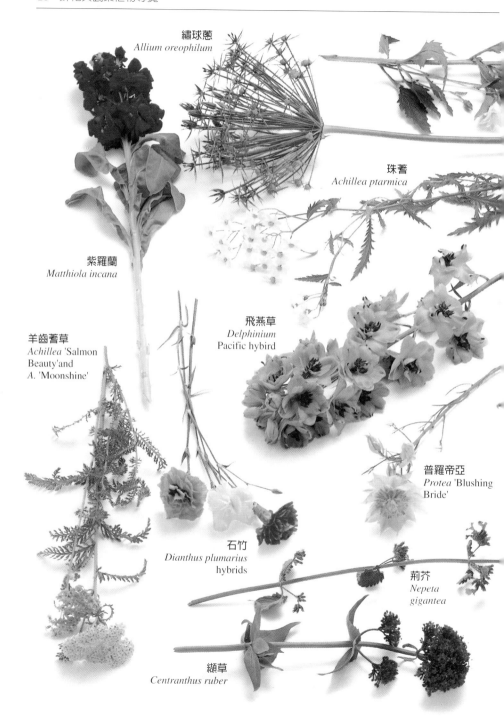

繡球蔥
Allium oreophilum

珠蓍
Achillea ptarmica

紫羅蘭
Matthiola incana

羊齒蓍草
Achillea 'Salmon
Beauty'and
A. 'Moonshine'

飛燕草
Delphinium
Pacific hybird

普羅帝亞
Protea 'Blushing
Bride'

石竹
Dianthus plumarius
hybrids

荊芥
Nepeta
gigantea

纈草
Centranthus ruber

廣口鐘花
Campanula trachelium
'Alba Plena'

羽扇豆
Lupinus Russell
strain

峨嵋百合
*Lilium
regale*

玫瑰
Rosa 'Golden
Wings'

櫻桃
Prunus avium
'Early Rivers'

圓葉普羅帝亞
*Protea
obtusifolia*

矢車菊
*Centaurea
cyanus*

蘆筍
*Asparagus
officinalis*

美國石竹
Dianthus barbatus

金魚草
Antirrhinum majus

香豌豆
Lathyrus odoratus

粉紅玫瑰
Rosa cv.

黃玫瑰
Rosa
'Courvoisier'

丁香玫瑰
Rosa 'Variegata
di Bologna'

紫苑
Astrantia major

黃角罌粟
Glaucium flovum

落新婦
*Astilbe
×arendsii*

西洋濱菊
*Leucanthemum
maximum*

毛地黃
Digitalis purpurea

繡球蔥
Allium aflatunense

玫瑰
Rosa 'Charles
de Mills'

山梅花
Philadelphus
'Burfordensis'

白牡丹
Paeonia lactiflora 'Festiva Maxima'

粉紅牡丹
*Paeonia
lactiflora* cv.

紫燈花
Brodiaea laxa

黑種草
Nigella damascena

蝴蝶草
Buddleia davidii

漏盧
Echinops ritro

豬草
*Heracleum
mantegazzianum*

綿棗兒
Ornithogalum thyrsoides

婆婆納
Veronica exaltata

煙草花
*Nicotiana
affinis
'Lime Green'*

星辰花
*Limonium
sinuatum*

木槿
*Hibiscus syriacus
'Woodbridge'*

香矢車菊
Centaurea moschata

土耳其桔梗
Eustoma grandiflorum

土耳其粉紅鼠尾草
Salvia horminum

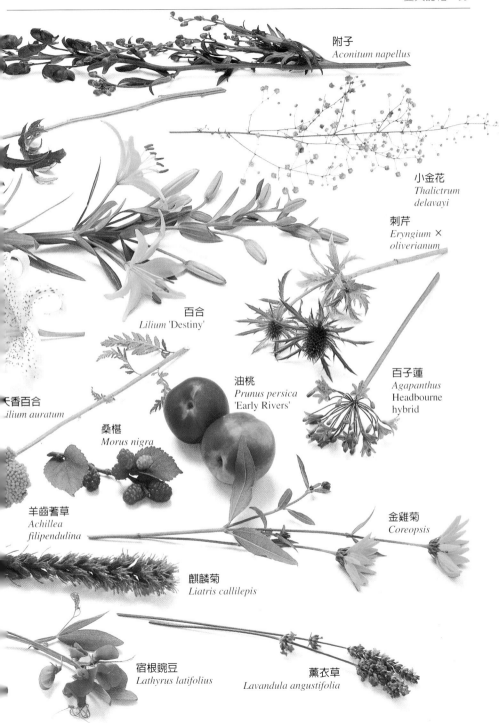

附子
Aconitum napellus

小金花
Thalictrum delavayi

刺芹
Eryngium × *oliverianum*

百合
Lilium 'Destiny'

百子蓮
Agapanthus
Headbourne
hybrid

油桃
Prunus persica
'Early Rivers'

天香百合
ilium auratum

桑椹
Morus nigra

羊齒蓍草
Achillea filipendulina

金雞菊
Coreopsis

麒麟菊
Liatris callilepis

宿根豌豆
Lathyrus latifolius

薰衣草
Lavandula angustifolia

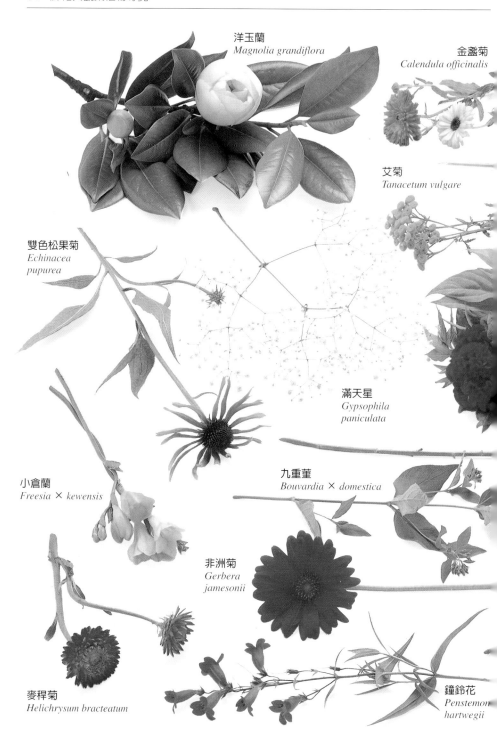

洋玉蘭
Magnolia grandiflora

金盞菊
Calendula officinalis

艾菊
Tanacetum vulgare

雙色松果菊
Echinacea pupurea

滿天星
Gypsophila paniculata

小倉蘭
Freesia × kewensis

九重葛
Bouvardia × domestica

非洲菊
Gerbera jamesonii

麥稈菊
Helichrysum bracteatum

鐘鈴花
Penstemon hartwegii

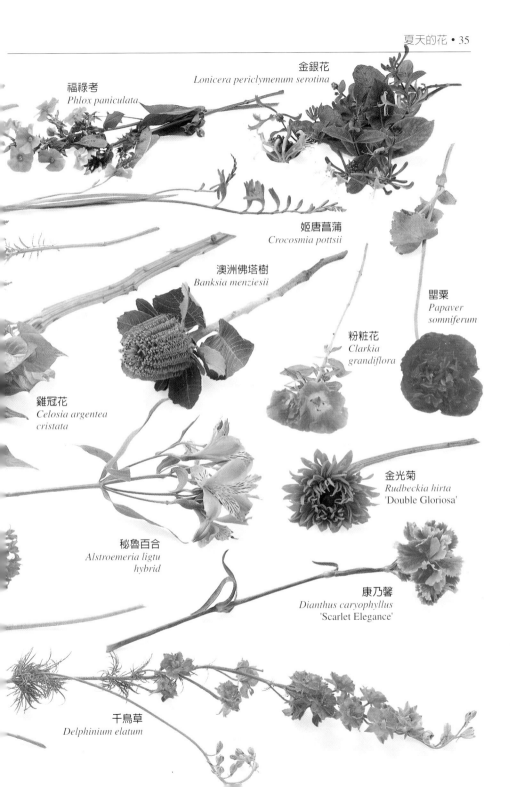

福祿考
Phlox paniculata

金銀花
Lonicera periclymenum serotina

姬唐菖蒲
Crocosmia pottsii

澳洲佛塔樹
Banksia menziesii

罌粟
Papaver somniferum

粉粧花
Clarkia grandiflora

雞冠花
Celosia argentea cristata

金光菊
Rudbeckia hirta
'Double Gloriosa'

秘魯百合
Alstroemeria ligtu hybrid

康乃馨
Dianthus caryophyllus
'Scarlet Elegance'

千鳥草
Delphinium elatum

紅醋栗樹
Ribes sanguineum

白楊木
Populus alba

玫瑰色小蘗
Berberis thunbergii
'Rose Glow'

婆婆納
Hebe armstrongii

彩葉芋
Caladium × hortulanum

日本衛矛
Euonymus japonicus

玫瑰
Rosa glauca

碎葉腎蕨
Nephrolepsis exaltata

苦艾草
Artemisia ludoviciana

棉花薰衣草
Santolina chamaecyparissus

苦扁桃大戟
Euphorbia amygdaloides

銀葉菊
Senecio 'Sunshine'

車前玉簪
Hosta fortunei
'Aureomarginata'

猶太錦葵
Kerria japonica

貝殼花
Moluccella
laevis

無花果
Ficus carica

羊舌草石蠶
Stachys byzantina

芸香
Ruta graveolens

斗篷草
Alchemilla mollis

斑葉四照花
Cornus alba
'Elegantissima'

秋天的花

劍蘭
Gladiolus callianthus

草莓樹
Arbutus unedo

玉米
Zea mays

小花玉蘭
Aster erica
'Monte Ca*

蓬蒿菊
Chrysanthemum
'Statesman'

菊花
Chrysanthemum
'Evelyn Bush'

九重葛
Bouvardia × *domestica*

連翹
Hypericum calycinum

氣球唐棉
Gomphocarpus

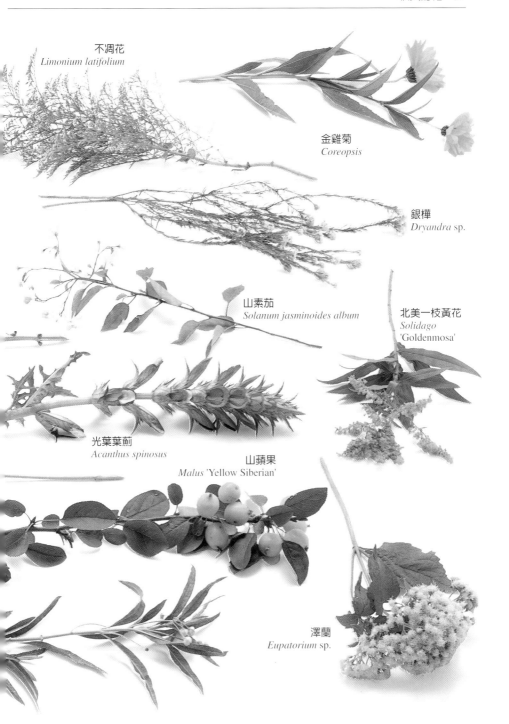

不凋花
Limonium latifolium

金雞菊
Coreopsis

銀樺
Dryandra sp.

山素茄
Solanum jasminoides album

北美一枝黃花
Solidago
'Goldenmosa'

光葉葉薊
Acanthus spinosus

山蘋果
Malus 'Yellow Siberian'

澤蘭
Eupatorium sp.

千日紅
Gomphrena globosa

馬鞭草
Verbena × *hybrida*

粉紅金花石蒜
Nerine bowdenii

輪峰菊
Scabiosa caucasica

杯盤花
Cobaea scandens

艷紅鹿子百合
Lilium speciosum rubrum

中國龍膽
Gentiana sino-ornata

粉白吊鐘花
Fuchsia cv.

小薊
Cirsium japonicum

童劍菊
Catananche caerulea 'Major'

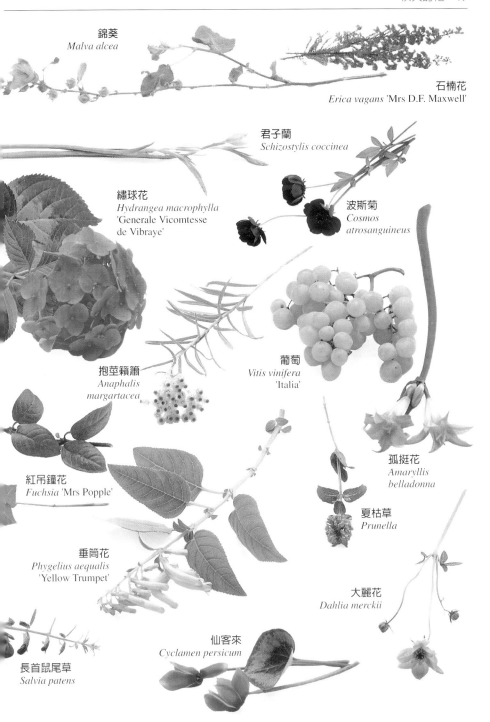

錦葵
Malva alcea

石楠花
Erica vagans 'Mrs D.F. Maxwell'

君子蘭
Schizostylis coccinea

繡球花
Hydrangea macrophylla
'Generale Vicomtesse
de Vibraye'

波斯菊
Cosmos
atrosanguineus

抱莖籟簫
Anaphalis
margartacea

葡萄
Vitis vinifera
'Italia'

孤挺花
Amaryllis
belladonna

紅吊鐘花
Fuchsia 'Mrs Popple'

夏枯草
Prunella

垂筒花
Phygelius aequalis
'Yellow Trumpet'

大麗花
Dahlia merckii

仙客來
Cyclamen persicum

長首鼠尾草
Salvia patens

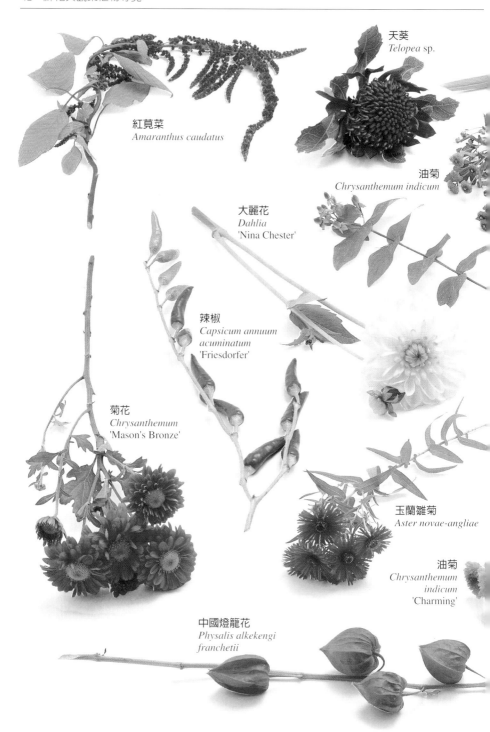

天葵
Telopea sp.

紅莧菜
Amaranthus caudatus

油菊
Chrysanthemum indicum

大麗花
Dahlia
'Nina Chester'

辣椒
Capsicum annuum
acuminatum
'Friesdorfer'

菊花
Chrysanthemum
'Mason's Bronze'

玉蘭雛菊
Aster novae-angliae

油菊
Chrysanthemum
indicum
'Charming'

中國燈籠花
Physalis alkekengi
franchetii

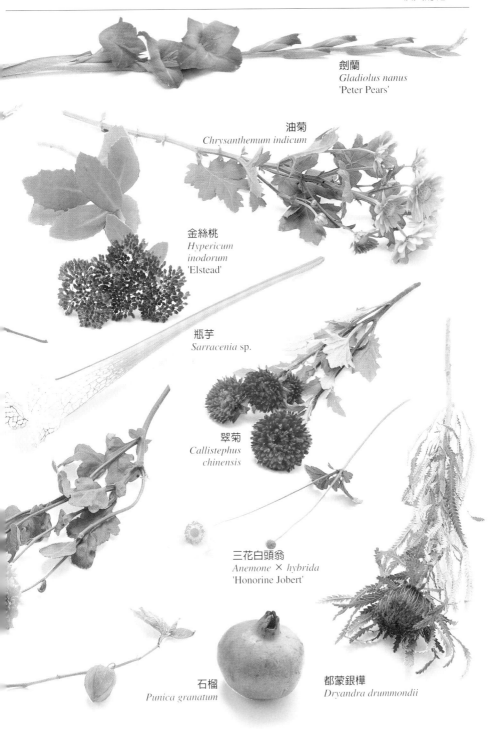

劍蘭
Gladiolus nanus
'Peter Pears'

油菊
Chrysanthemum indicum

金絲桃
*Hypericum
inodorum*
'Elstead'

瓶芋
Sarracenia sp.

翠菊
*Callistephus
chinensis*

三花白頭翁
Anemone × hybrida
'Honorine Jobert'

石榴
Punica granatum

都蒙銀樺
Dryandra drummondii

雪花樹
Halesia monticola

雪球莢蒾
Viburnum opulus

馬栗樹
Aesculus sp.

洋火刺
Pyracantha coccinea
'Lalandei'

夏皮楠
Photinia davidiana

小蘗
Berberis thunbergii
atropurpurea

玫瑰果
Rosa cv.

連翹
*Forsythia ×
intermedia*

衛矛
Euonymus europaeus

甜石楠
Rosa eglanteria

檸檬蘋果
*Malus ×
lemoinei*

野莓樹
Arbutus unedo

美國鵝掌楸
*Liriodendron
tulipifera*

甜楓
*Liquidambar
styraciflua*

散枝蘋果
Malus 'Profusion'

紅櫟
Quercus coccinea

冬天的花

瑞香
Daphne odora

橢圓葉流蘇花
Garrya elliptica

細葉石楠
Erica × darleyensis
'Darley Dale'

長柄大戟
Euphorbia fulgens

臘梅
*Chimonanthus
praecox*

鮮荷蓮報香
*Primula
obconica*

忍冬
*Viburnum ×
bodnantense*

雪水仙
Galanthus nivalis

冬附子
Eranthis hyemalis

金縷梅
Hamamelis mol

款冬
Petasites fragrans

金銀花
Lonicera × purpusii

聖誕紅
Euphorbia pulcherrima

莢蒾
Viburnum tinus

十大功勞
Mahonia × media
'Charity'

黑兒波
Helleborus argutifolius

黃花鳶尾
Iris danfordiae

爪花鳶尾
Iris unguicularis

冬素馨
Jasminum nudiflorum

刺胡頹子
Elaeagnus pungens 'Maculata'

海邊灰葉草
Griselinia littoralis

加拿大鐵杉
Tsuga canadensis

紫杉
Taxus baccata

鋪地蜈蚣
Cotoneaster 'Cornubia'

日本山茶
Camellia japonica

白珠樹
Gaultheria shallon

十大功勞
Mahonia × *media* 'Charity'

日本茵芋
Skimmia japonica

大戟
Euphorbia amygdaloides robbiae

銀葉菊
Senecio 'Sunshine'

葡萄牙月桂樹
Prunus lusitanica

南方椈木
Nothofagus betuloides

藍雲杉
Picea pungens glauca

冬青
Ilex aquifolium

洋常春藤
Hedera helix

桐
ttosporum tobira
'ariegatum'

迷迭香
Rosmarinus officinalis

日本八角金盤
Fatsia japonica

羅森扁柏
Chamaecyparis
lawsoniana 'Lutea'

第二章
鮮花的
擺設原則

你不需在意插花創作時產生挫折感。
對於花藝的好壞，
雖然沒有嚴格、快速的準則，
然而你會發現一些基本原理，對你而言
很實用。所謂不同類型的花藝，
其實僅取決於挑選的花草，
其顏色與房間的格調、裝潢搭配合宜
就可以了。插花格局的大小也很重要，
尤其是一大群人觀賞時。選擇足夠放滿
所有花草的容器，可容納的房間，
最後，考慮你所使用的花材香味。
這些因素並不會完全限制你的創作。
花朵是那麼的美麗動人，
任何品種、顏色的組合都應該是
十分適合觀賞！

盈滿的花器

英國肯特郡伊格森城堡，在通往庭院的門廊前，放置
一盆豐富燦爛的鮮花，使用中國的青瓷做為花器。藍
色飛燕草在白色蒔蘿、淡綠色鐵線蕨和點綴其中的黃
色秘魯百合和茶樹枝，顯得脫俗不凡。

風　格

在預備動手插花之前，必須先思考它會放在哪個位置上，以及它如何與四週的設計、色彩、元素、結構相互呼應。思考這盆花四週的環境，以及如何善用這個空間。如此一來，你就能對花的大小、形狀、尺寸有概念了。

如果它是放在走廊的側桌上，那必須夠大才會引人注意，但是不能太寬，以致阻擋來往的人行走。

如果它是用來裝飾餐桌，必須讓每個角落的來賓都能賞心悅目，並且不佔用太大的空間，以免成為餐具擺設，以及上菜流程的絆腳石。最重要的是，不能擋住賓客的視線。這麼一來，不見得就不可以擺放高挑的盆花，如果是高挑的花，那它必須夠窄，讓花停留在視線以上。

如果是放在床頭桌上的花飾，就要留點兒空間放書，更可以轉過身去看時間或關掉鬧鐘。咖啡桌的花飾應該從四周，以及上面的角度都能欣賞，也不能佔據太多的桌面：晚餐後，你也許會在那兒喝杯咖啡。櫥櫃的花飾不能在櫃子中顯得太跼蹐。不論在任何情況下，切記花飾都要有足夠的空間，展示它們美麗迷人的風采。鮮少有花飾能與壁爐的爐柵本身協調，最好是將它放在爐床上。別忘了！除了側面以外，人們也可能從正面來欣賞它。

與裝潢的協調

一定要將房子的四週環境列入考慮。鉻黃及現代感的玻璃花器，在維多利亞式或印花棉布的裝潢環境中很難有出色的表現。但是在古典的手繪木質傢俱，如橡木，以及設計現代感的房子中，就有另一種風味。如果裝潢屬於暗沉的色調，色彩豐富的花卉及花器就是最佳的選擇。如果是輕淡柔和的房間，淡色的花材再加上一些明亮的點綴，就再好也不過了。

雖然，花飾應該與房間的風格和裝潢搭配，但它與裝潢的完全協調仍需費心思考：這類安排往往需要非常精心的設計。

房間與花材色彩的共鳴與互補，其實只要避免使用搭配起來不對勁的顏色組合就很賞心悅目了。有時，房間裡木材的顏色、窗簾的圖案、地毯或壁紙都能給你組合花材的靈感。有時，花園外花團錦簇的情景，也是你創作的素材。無論是什麼因素促使你選擇某種花材及形式，儘管放手大膽去做。

咖啡桌上的矮花飾

粉紅色的阿提拉鬱金香與藍色花盆之間的對比，為這盆矮花飾增添了引人注目的趣味。而修短鬱金香的花莖，是為了保持花朵之間的緊密和茂盛。

花材與房屋

雖然花朵有著極佳的適應性，建築物的年代及風格仍深深地影響花的擺設。

現代化的房屋，特別是那種有大片玻璃窗，以及抽象風格的裝潢，通常會建議使用簡單、不花俏的花飾，或是運用單一的花材，也可以只採用單一的顏色。花器也是如此，在形狀和樣式上都以簡單為主，以求達到最佳視覺效果。

然而，現在有許多房屋都是以新喬治亞風格的特色建造，它們和原喬治式建築都需要更典雅的花飾。並不見得要非常正式，但應保有那個時代某種程度的典雅。同樣地，花器不一定需要正統的喬治亞風格，但也不宜太過現代。

屋子的年代也要稍微留意，確定花飾的用量要恰當，與房屋的天花板及房間大小能配合。例如在比例正確的喬治亞式住屋中，你可以擺設更豪華豐富的花飾，不過它在小型的現代式建築物中只會顯得太過擁擠。無論

適合傳統裝潢的閒適優雅

銀色品酒冷卻器也可以做為亮眼的花器，為這一簇由冰島罌粟、玫瑰、孤挺花、鸚鵡鬱金香、雪球花、康乃馨、金魚草、金雀花、翠珠花、水芋百合及牛尾菜組成。這盆花在巧妙擺放彎曲的花莖以及閒適垂掛的花朵中，呈現出它細緻且隨性的一面。

環境為何，簡單的花飾看來最搶眼。花飾應該保有自然的原貌，而不是看來勉強塞入成型。只要遵照這個原則，不論是現代感或喬治亞式的建築，即使用簡單的花瓶都能讓家中增色不少。但是，花材種類的運用亦需留意，例如，黃色百合或紫丁香，在現代感的房間裡最出色，隨意組合的鄉間野花和觀葉植物就比較適合喬治亞式的氣氛。

豪華的花飾擺設

大型花飾的創作通常是為了配合特殊節慶，在賓客眾多的情況下，花飾要成為注目焦點必須夠高夠寬。它們一般都會展示在大型基座之上。

大型花飾至少要有90公分高，觀葉植物也許可以修剪配合，花朵的莖卻往往不及此一高度。為了克服這個難題，短莖的花材要放在裝滿水的漏斗式的管子中。這些管子插在海綿上，亦或以金屬線固定在花瓶裡，甚至在更高的高度時，可以連接在竹藤，再將它固定在海綿中。

多數的大型花飾都呈扇形展開，雖然它取決於觀賞角度的多寡。

一般而言，如果這盆花飾是靠牆壁擺放，它的背面必須是平的。然而，如果花飾是放在教堂的講壇或大門口，或許就必須是四面花的造形。

在大型建築的寬闊空間中，花飾會在遠距離的角度被欣賞，因此花材的運用必須大膽：如果你的創作要產生引人注目的效果，造形誇張的葉子，以及色彩搶眼的花卉是不可或缺的。

教堂講壇的花飾

這個莊嚴的花飾，在暗沉的內部裝潢中，鮮花顯得亮麗。它包括裝在漏斗中的甜栗和小葉蘖和玉蘭雛菊、金時玫瑰、堯魯古斯草、千鳥草、屋田百合。

花飾的製作（下圖）

首先，以乾草蓋住整個垃圾筒（詳見第181頁），然後塞入海綿。將三隻漏斗插入海綿。將長莖的觀葉植物以扇形展開，插在海綿裡，再加上長柄的花材。最後，把短莖的花材和觀葉植物放進漏斗以增加高度。

色 彩

長久之來，我們很少花心思注意到周圍的色彩：不論是在樹木和圍籬、我們居住房屋的牆壁、或是蔬菜攤上的水果與蔬菜。我們只會偶爾對色彩特別敏感，也許是在裝潢居家或買家具時、或是為晚宴特別裝扮的時候。對於色彩，我們應該更敏感些，而花正是最好的家庭教師，它們是生長在萬紫千紅當中的。

不要因為害怕用色，而固守著「安全」但無趣的色彩組合。相反的，為什麼不嘗試使用各種的顏色？慢慢地，你就能直覺反應出哪些色彩的搭配最理想。何況最糟狀況是，你弄出一盆有些混雜的花，或許還有點配合主題，但兩者都能在適合的環境下展現美麗的一面。最好的情況往往是，你所創作出來的花飾有著不可言喻、令人喜悅的神奇效果，這正是花朵令人讚賞的地方。

色彩的理論

花藝創作對色彩的運用沒有硬性的規則，雖然，季節的變動的確提供了一些原則——夏天，不妨使用明亮色彩的組合，溫暖柔和的色調適合秋天，棕色及深綠的粗線條屬於冬天，鮮黃及淺藍是春天的顏色。

除此之外，你也可以從顏色的明彩度找尋靈感。色彩的領域有三原色——紅、黃、藍——這三種原色的不同搭配產生次原色——橙、綠、紫。千變萬化的彩度和色調則是由這些原色添加黑色或白色而來。

強烈的色彩對比

這盆採用豐富、強烈對比色彩的活潑花飾組合，在任何背景之下都十分搶眼。鮮黃色的艾菊將秘魯百合、星辰花、卡氏黃蓮和白千層的粉紅、紅色、紫丁香色襯托地更耀眼。

增添花飾的可看性（左頁）

飛燕草為這盆大型、圓身、落地式且插在一個適當的陶器草中的花飾，帶來恰如其份的藍。其他的花選包括有白玫瑰、星辰花、繡線菊、黃雛菊，以及瓶刷子樹的羽狀葉和墨西哥橙樹的花。

花的調和（上圖）

這是由一個舊西班牙碗展現隨興的春天花飾，整個色調結合乳白色的石楠、藍色的葡萄風信子和勿忘我。這盆花飾的重點在貓柳，同時以引人注目的粉紅紅星杜鵑沖淡冷色系。

相近的顏色屬於同一種光譜，它們較容易搭配在一起。紅色配橘色、橘色配黃色、黃色配綠色、綠色配藍色、藍色配紫色，都是不致於發生錯誤。同色系的組合非常完美，但缺少張力，每盆花飾至少都應該有一絲令人驚豔的特點。

挑選光譜中色差對比較大的顏色，例如，混合黃色與紫色、橘色與藍色的搭配方式，會讓人眼睛為之一亮，偶爾不妨試這一類大膽的組合。

只有少數顏色的配搭會令人難以忍受。某些深淺不一的藍色並排一起時，令人有不舒服的感覺。暗沉的橘色似乎只會抹煞它週遭純淨的色彩。事實上，大部分花朵色彩的組合運用雖然簡單，然而每種色彩的使用，足以成就整個花飾令人舒暢的完整性和充滿活力的組合。當然，花卉的顏色應該與房間裝潢的色系相輔相成而不致於衝突，因此，就拿房間的主色做為你插花時的參考依據吧！

與花器的顏色相襯

花器與它所擺放的花卉的色彩關係非常重要。它們必須相映成趣，插花藝術其實是由花朵和花器組合而成，兩者缺一不可。

觀葉植物的外形及色彩

觀葉植物的外形及姿態往往比花卉更多樣化。這盆花飾展示了多樣化的組合，包括了長條形葉片、孤形葉片、穗狀及叢簇狀的觀葉植物，色彩則混合了貝殼花、棕櫚扇葉、當歸、白珠樹、燕麥及氣球唐棉。

柔和、樸素的花器像是竹籃，幾乎可以接受所有的花卉，而亮麗的陶器花瓶卻會搶走許多花朵的風采。

同樣的花器中，相同類型的花飾，因為使用色彩的差異會有很大的不同。例如，粉嫩的花卉創造出朦朧、閃亮的景致，而深紅和暗粉紅則有著較明顯的對比。

不論你選擇造形多麼誇張的花器，最重要的是花和觀葉植物必須很吸引人。

觀葉植物的重要性

綠色，是花材色系中很少引人注意的孤獨客，因為它是葉子的顏色。然而它似乎總是與其他色彩相處融洽。事實上，它是幫助其他顏色更吸引人、活躍的催化劑，尤其是那些屬於深色調的紅色、寶藍和黃色。

觀葉植物的綠，在插花藝術中扮演著舉足輕重的角色。它們為所搭配的花朵色彩帶來生命力。而且有多樣化的色調可以供選擇：例如胡頹子、衛矛、女貞和海邊灰葉草的金黃色綠葉；梣子、橡木、羊齒葉、棕櫚葉、海桐花、千葉紅、山杜鵑的鮮綠葉片；迷迭香、銀葉菊、薰衣草、希那花、苦艾草的銀色綠葉；紫杉、黃揚木、冬青的深綠色葉片。而葉子的形狀也千變萬化，從松樹的細

小針葉、羊齒複雜的格子狀複葉、無花果的
大型指狀葉片、到白楊木的羽狀葉片。各種
葉片都能成爲插花藝術的一部分。其實，一

單色插花

這盆幾乎單一色調的鐵橘色劍蘭及秋檫葉的組合，在
樸實無華的粗陶罐中，最適合現代化的室內裝潢。

盆以觀葉植物爲主角的超高水準花飾，也可
以看來非常莊觀。

儘量多運用綠色，特別是花卉上的綠葉。
反而花卉的運用比起觀葉植物稍受限制，因
爲觀葉植物總可以爲花飾帶來自然的風味。
它可以平衡四週花朵的色彩及外形，就像它
在野外或花園裡所扮演的角色。綠色永遠是
支配大局的顏色，即使是在冬季。

形　態

最簡單的插花方式就是擺成一整束。而花束也分為兩種「擺放」方式：以四面花配置的小花束，可以從各種角度都能觀賞；而以扇形配置的花束，則只能從前方和側面欣賞。

　　把花束和花叢插入在花瓶中，你就創造了兩種最簡單的花器運用。小花束可以做四面花的造形，搭配開適風味的桌子，花束可以呈平背式造形，站立於牆邊或鏡子前。

四面花造形

　　無論是圓形或橢圓形，低矮、簡單或高大、複雜，四面花造形的花飾從任何角度看來都相當美。

四面花造形

這盆比例完美的花籃，是鄉間野餐桌上的完美主角。

1.將花器插齒以黏土固定在塑膠花器的底部。把花器放進竹籃內，並將濕潤的海綿固定在插齒上。

2.以尤加利樹葉做為四面花的基本曲線造形，在插花的同時也隨著方向轉動花器。花莖應該從中間底部往上擴散，並且高過手把。然後，順著原來的曲線，隨意插進一些康乃馨。

3. 依然沿著曲線，加入
淡粉的千鳥草。接著，
加上亮粉的蘭花、垂吊
優雅的洋桔梗及深紅色
的粉粧花。後退幾步，
觀察整盆花的全貌，再
加上一些花材以完成整
個造形。最後，從花的
上方灑一些水，讓花朵
能更持久。

　　四面花造形特別適合獨立式的桌子，例如餐桌或咖啡桌，或者任何不靠牆的花器。許多人喜歡這一類的花飾——能從任何角度都看到的花草是相當賞心悅目的。

　　最適合四面花造形的是圓柱、圓口形的花器。廣口方形和長方橢圓形的花器也很適合，而且從低矮到高挑的瓶身都能接受。窄身的花器比較不適合這類花飾，反而與單一方向的正面式插花搭配較爲引人注目。總之，各種材質的籃子、水罐、圓筒式花器都非常適合。

　　四面花的正確高度視情況而定。例如，低矮的四面花花飾最適合餐桌，它不會擋住對面賓客的視線。然而，如果是在較寬廣的桌面或是分隔室內空間時，高大的四面花花飾就顯得落落大方。

正面式的花飾

　　背靠著牆，無法看到其背面的花飾稱爲正面式，或是平背式的插花。成功的平背式插花，應該是從正面或兩旁的角度看來都很像四面花花飾。這類平背式花飾如果直接靠著牆擺放，絕對不會吸引人的注意。除非因爲空間的限制而不得不如此，因爲太狹窄的空間，容易使平背式花飾的立體感消失。平背式的花飾在靠牆或鏡子前的位置，最能顯出完美的一面。

　　當然，平背式的插花必須減少花的用量，因爲我們只從一個方向展示這盆花。在祭壇四周的花飾即可使用這種方法，節省花材的數量。同樣的道理，壁爐前的鐵架、大廳的桌子或者房間轉角落地式的花飾，都可以採用這種平背式插花。然而，越矮小或是越接近地面的落立式花飾，就不適合這種插花方式，因爲它的背面會變得無所遁形。

　　創作平背式花飾的造形，最簡單的方法就從觀葉植物開始。將它配置在花飾的最後一層，呈扇形展開並與花器的背部平行。然後向前插入更多的觀葉植物，最後，再加上你決定使用的花材。

餐桌的花飾

這是一盆裝飾大型餐桌的特殊中心花飾。它的基座是個大平盤，上面放著濕潤的海綿再蓋上青苔。水仙、鬱金香、金鳳花、常春藤的花莖都透過青苔插入海綿。

正面式插花

平背式的花飾適合背面不顯露的位置上。這盆花放在
視線所及的架子上格外引人注目。

1. 在花器中放入濕潤的
海綿。將山茶葉及翠羽
葉以扇形展開在花器的
最後一層，再將剩餘的
葉子往前插滿花器。

2. 將小型蘭花的花莖剪
成兩段後，順著葉子的
造形曲線，與乳白色的
小蒼蘭一起插入濕潤的
海綿。

3. 加上玫瑰、金雀兒和
秘魯百合。秘魯百合可
以剪成五至六段，由於
這是較細微的部分，可
以在最後的完成階段時
再插上去。

香　味

花卉的香味變化多端，從甜美、優雅、強烈到辛辣，其重要性與色彩、姿態不相上下。當你在插花時，和以花束或一小簇花當禮物時，不要放棄任何使用芳香花材的機會。帶來滿室芳香的花朵是很美好的感覺，沒有什麼比收到一束既美麗又散發出滿室甜美、十分個性化芳香的花束更令人愉快了。

春天與夏天的芳香

春天的花飾可說是香得過火。有甜美的風信子、多不勝數的水仙、尤其是黃水仙及很受歡迎的「里維西安」水仙。但說起芳香的花，玫瑰是第一個聯想到的名字。雖然，微香或無香的玫瑰因其特殊色彩和造形，可以運用在插花藝術中，你也可以在夏天的花飾裡，仍可試著運用一小部分有甜美水果茶香的玫瑰：那正是夏季的香味。最早開花的玫瑰，一般只有微香或是無香，例如，簡單又十分多樣的「金絲雀」玫瑰。然而，幸運的是，有著濃郁香味的草玉鈴也在這個季節開花。它們不僅彌補玫瑰香味的不足，在花飾中也展現美麗的一面。

芬芳的語調

這盆簡樸的花飾有兩種香味來源。甜美的風信子香味在空氣中悠悠地飄散著，至於紫羅蘭雅致的香味必須靠近點兒才能聞到。

春天的芬芳

春天的花卉中，許多是有著甜美香味能為室內帶來清香的花材。這裡（從左到右）分別是：有奶油香味的葡萄風信子、甜美的西洋櫻草、辛辣的風信子及金合歡樹、紫羅蘭、芳香的蠟花和甜美的草玉鈴、以及最後有薄荷涼味的鬱金香加上數把令人迷醉的杜鵑。其他有香味的春天花卉包括水仙及含羞草。

如果你有幸住在氣候溫暖的地區，你可以種植班氏玫瑰（Rosa Banksiae）——在義大利和法國南部滿山遍野都是——它有著濃郁的紫羅蘭香味，嬌小的乳黃色花瓣讓人愛不釋手，而香味則使人非常愉悅。某些最好的香味來自於古老的玫瑰品種：令人迷醉的大馬士革粉紅薔薇和混種的麝香玫瑰，香味清新的縐紋玫瑰，以及有濃烈茶香的中國薔薇。現在有越來越多的玫瑰，被改良成兼有古代玫瑰標準四分之一扁平花瓣的美麗外觀，以及甜美的香味。在幾十年來只注重花瓣外觀混種的玫瑰改良上，它比原本只有微香或根本無香的玫瑰，成為非常受歡迎的品種。

很少人注意到這個季節的鳶尾花散發著非常特別的香味。這種香味有著奇怪的特質，通常它是非常濃甜帶一點紫羅蘭的氣味，但在頂端卻有一絲橡膠的味道。聽起來很恐怖，但並不全然是這樣。還有宿根豌豆，它的花瓣看似蝴蝶，而香味就像蝴蝶般淡然而優雅地飄浮在空中。只要一小把，就能帶來滿室芳香。

隨著盛夏的來臨，粉色的石竹伴著丁香的香味，此時百合也開花了。

所有百合中香味最濃郁的，要算是天香百合了，它的香味很容易就掩蓋過一切。濃得化不開的香味，像是綜合了荳蔻和香草的味道；煙草葉的味道也很相似，不過沒有那麼重。令人驚訝的是，它的花朵在摘取之後還能保存許久，而且很適合插花。

秋冬的花香

秋天的花以其生氣蓬勃的色彩及豐富的花瓣取勝，香味其次。雖說如此，秋天的孤挺花仍以其粉白相間的花色，散發出即甜又帶著藥材的味道。

這段時間，還有豔紅鹿子百合（*Lilium speciosum rubrum*）的太妃糖香味的花朵，在其美麗之外，更添加芬芳。在冬天，沒有臘梅（*Chimonanthus praecox*）的花園就不算是完整的。它是屬於落葉科的倚牆灌木，一年四季看起來都很正常。但是在入冬後，它會開出一連串美麗、乳白色、像臘一般的鐘鈴花，散發著濃濃的香氣，使人聯想到梔子花。可惜的是，它好幾年才開一次花。不過仍值得種在花園裡，只要摘幾枝到室內，香味可以持續幾天不散。冬季的天芥菜是另一種冬季的花材；它在幾乎捲曲的葉子包圍中，開出優雅的粉紅色花朵，散發出蜂蜜般的香味。

嚴冬時，金縷梅（*Hamamelis mollis*）長得奇特、細長，黃色的花瓣散發出相當甜美的氣味。

盛夏的芬芳

夏季，是花香最甜美的時節。最迷人的花香包括宿根豌豆和玫瑰，但牡丹、鳶尾花和石竹也有誘人的清香。何不趁此良機，送一小束或是一叢芳香的花朵給親朋好友，讓他們的家中充滿盛夏的芳芬。

茶玫瑰（下圖）

這一束簡單的鮮花，有著令人心曠神怡的果香。

百合（右圖）

它們沁心的芬芳，在傍晚時刻尤其濃郁。

宿根豌豆（右圖）

這些嬌柔的花朵有著獨特的甜味。

晚香玉和金銀花（下圖）
混合檸檬清香的天竺葵葉，這
束花有著令人迷醉的芳香。

薰衣草和迷迭香（右圖）
貨真價實的傳統鄉間花園芳香。

紫羅蘭及福祿考（左圖）
兩種芳香誘人的花，組合成一把
花香四溢的花束。

小蒼蘭（右圖）
色彩豐富的
單一花材，
有著最完美
花香組合。

花器的選擇

我們擺放在花器中的每一盆花飾，都像是掛在房間牆上的3D立體畫，花器與花材的整體感，以及它們與周圍格調的搭配都扮演舉足輕重的角色。不過，插花藝術有一個優勢是靜態繪畫所不及的：它們不久就會凋謝，沒有機會讓人感到厭煩。

花器與花材的搭配是插花藝術成功的要訣。有時，花材不適合某種花器的搭配，而有時花器的造形，也能令人隨即聯想到一些適合的花材。例如，咖啡杯以玫瑰花裝飾，放滿搭配合宜的傳統玫瑰，似乎就是個完美組合。同樣地，薰衣草花莖編織的花藍裡，放入薰衣草和土耳其粉紅鼠尾草，格外出色。有時花器的顏色和材質經常是挑選花材的依據，當然我們不可能每次都讓花材與花器完全搭配，但是應盡量試試看。

花器、花材能相互輝映，這盆花才能達到最佳視覺效果：從花瓶的形狀和裝飾花紋到花朵和綠葉的本身，其色彩與形態最好都能有互補的效果。當然，也有許多花器是不規則形狀的。

陶瓷花瓶

你可以選用的陶瓷材質，範圍相當廣泛。一般而言，比起那些裝飾過度的花瓶，素色或者以抽象、幾何圖形設計的花器更適合用來插花。如果你的花瓶形狀很迷人，但是圖案或設計卻相當難看，記住可以拿布或是花材稍加遮掩。

白色系的陶瓷花瓶可以搭配許多種花材的組合。然而，形狀更是重要，花瓶的形式可以左右花飾本身的外觀。球莖狀的金魚缸花瓶，當然是需要大幅度曲線的造形，而直立式的長形花器，則需要高而直線形生長的花材。如果要反過來搭配也不是不可能，但遵照這種原則會比較可靠。

使用籃子

籃子的外形種類繁多，從傳統的、深底的、放花材的淺框、到方形的購物籃，都可以用來放置花材或插花。

籃子一向都是很吸引人注意的，尤其是搭配一些簡樸、枝葉茂密的花卉，這方法可是全世界都盛行。

柳條編製的籃子
小麥與花藍的材質互相呼應，明亮的三花白頭翁以及耀眼的繡球花，與之形成強烈對比。

花瓶掌控形式

藍色百子蓮的花莖,延續了這個藝術氣息濃厚花瓶的 曲線造形,而千屈菜分散、開放式的小花迴旋而上, 與花瓶的主題相互呼應。

玻璃糖罐

這些龍膽花璀璨的藍，不需要任何修飾，只要簡單、

透明的玻璃罐即是它最理想的花器，為這個早餐盤帶來蓬勃的生氣。

陶器（右圖）

在這個外形粗糙、未上釉的鄉村式陶器陪襯下，這些大型、昂然而立的向日葵似乎仍在土壤中努力地往上生長。

杯盤（下圖）

以精美細緻的瓷器杯組做為花器，為蕺草、宿根豌豆、薰衣草、野生的三色堇、棉花薰衣草、油點草、野芝麻、薄荷的精彩組合，做完美的搭配。蕺草的綠與白色釉彩上的酢漿草相互輝映。

許多品種的植物都可以用來製作這種籃子，從傳統的柳條、芬芳的百里香、薰衣草的枝葉，到橄欖、竹子。棕櫚葉和藤蔓類植物。由於籃子本身的材質也是植物，使得其中的花材看來更是生動自然。

家居用品

你無需侷限於傳統的花瓶或是籃子插花。在簡單的家居用品中，可以不斷地尋找出適用的容器，例如咖啡杯、馬克杯、罐子、紙簍或烤鍋都可加以運用，製造出很好的效果。18、19世紀的瓷器可以成為精緻玲瓏的花器，如果恰巧是有裂痕，那就更經濟實惠了。即使會漏水，如果外形美觀，它的裂痕更增添其真實性。

同樣地，要找出理想的金屬或石材的花器並不容易，然而在你的廚房裡可能有一大堆可以拿來當花器，葡萄酒冷卻器、造形可愛的餅乾鐵罐、茶罐、石碗、銅碗和黃銅的收藏罐，也是不錯的花器。

玻璃花瓶

玻璃是花卉最佳的媒介。只要花材的花莖保持在良好的狀態下，清澈透明的玻璃花器，可以巧妙地展示花藝的美。隨著花器形狀的不同，花莖可能被放大。

玻璃容器的形狀，從大型的金魚缸到優雅的單管式花器或是精緻的不透明花瓶。

赤陶、陶器和木質花器

暖色調的陶器和赤陶罐是不錯的裝飾性花器。然而，因為赤陶不防水，裡面必須放入塑膠容器盛水。木質花器也要藉由這種方式處理。不過它們簡樸的質地與風格，成為鄉間野花的最佳搭配，正好適合悠閒的田野風味花飾。

第三章
特殊節日的花飾

一年之中，很少有幾個星期是
完全沒有任何特殊節日的。
它或許是朋友的生日、結婚週年紀念、
或是小型的午餐宴會，
還有許多慶祝酒會及節慶，
例如聖誕節、復活節和感恩節，
當然還有婚禮。
花朵在這些節日中扮演著相當重要的
角色：事實上，全世界各種族不同
年齡層的人，都把花當做是
慶祝的象徵。
不論這節日是正式或非正式，
花朵的魅力讓我們有倍感溫馨、
賓至如歸的感覺。
在特殊節日擺放花飾是很好的想法。
現在，一年四季都能買到各式各樣的
花卉，用心挑選花材並儘量配合
當時的季節變得相當重要。

情人節的花飾

紅玫瑰是傳統的情人節禮物，但這些花飾有對它有別出心裁的用法。一枝單獨的紅玫瑰在白色和乳白色的花朵之中（左圖），顯得格外醒目。而送你玫瑰的花籃是夾帶著小型羊齒葉，和一簇簇向外伸展的滿天星。

捧花和花束

花，為每個特殊節日呈現美麗的風貌。每朵花都代表轉型、成長，喜樂、陽光的含意。不論是從花園摘下來的小巧花束，或是由花藝專家製作，華麗的捧花，送花的行為總是能讓人立即心花怒放。它們的價值因其短暫的美麗而更顯珍貴，成為一段值得回憶的愉快經驗。

送禮的花束

　一束花、或是滿滿的一把鮮花，以蝴蝶結做裝飾，就成為一個簡單節日的最佳表現。你可以在午餐宴會、茶會上送給男主人或女主人一束花，或者在感謝他人的援助，或鼓勵別人時獻上花束。花束是傳達「我想念你」最美好的方式，也是適合小孩子送的禮物。

小孩子的花束
小花束是送給小孩子最佳禮物，而選用芬芳的花卉是個絕妙的好點子。

春之禮（上圖）
嫩粉的金雀兒、風信子及白頭翁這一束典雅的組合，因引人注目的紅色蝴蝶結而顯得脫俗不凡。

夏日的獻禮（上圖）
罌粟花在完全盛開時特別吸引人注目，在這裡它們和滿天星一起搭配。

另一種春之禮（左圖）
白花水仙和金杯水仙有著令人為之傾倒的香甜。

芬芳的花束（下圖）
由香味四溢的桃色玫瑰、乳白色鳶尾花、粉紅色矢車菊，以及斑葉女貞樹和尤加利樹組合成一把清新脫俗的花束。

花束的插放（上圖）
插放這樣的一束花通常是很容易的事，當你解開它放入適合大小的花器，花朵自然會找到自己的位置。你也許可以選擇性地將花朵按顏色分開擺放。

記下花朵所代表的特別花語，讓每一個花束都有特別的含意，增加它特殊的意義。由於許多花語代表的意義都是喜樂的，很容易就能找到為你代言的花朵。送紅玫瑰是說：「我愛你」、雛菊代表「純潔」、有些金銀花代表「專情」、有些常春藤代表「忠實」，鬱金香代表「名譽」，而榛樹的穗絮代表「和諧」。為了使這份禮物以、及訊息維持更長久些，收到它的人必須把這束花放入水罐或花瓶中。

送禮的捧花

無論是只有一種花材或豐富組合的花草，捧花通常是製作容易且受歡迎的禮物。當友人邀你參加午宴或晚宴時，或是鄰居生病或幫了你一個忙的時，捧花都是最適當的禮物。捧花同時也是生日或週年紀念日的溫馨小禮，尤其是當挑選的花卉中傳達了含意深遠的訊息時。

雖然許多捧花的製作容易，切記不能只是將手邊現有的花材簡單的拼湊在一起。

1. 以三片羊齒褶葉為底，開始
這個扇形捧花的製作。放兩朵
一點紅小菊在羊齒葉上靠中間
的地方，如此，花朵的頂端剛
好落在葉片尖端的下方。將纖
細短柄的秘魯百合鋪放在一點
紅小菊兩側。

夏天的捧花

溫馨、互補的花卉風格——由菊花、康乃馨、非洲
菊、秘魯百合、滿天星組合而成——在猶太錦葵葉及
羊齒葉的鮮綠色陪襯下，顯得十分清爽。

　　你應該細心地挑選花材，色彩的組合務必
讓人感到愉悅，再加上一些香味十足的花朵
更成為人見人愛的禮物了。鳶尾花和香味甜
美的粉紅色玫瑰可以為捧花增色。如果你的
花園裡沒有這些花材，當地的花店一定買得
到。除了組合各式各樣不同的花草外，你的
捧花也可以嘗試一些少見的形式和造形。
　　捧花的大小可以任你選擇，小型捧花如：
鳶尾花和滿天星的組合，或石竹及一些銀葉
類植物的搭配，較大型的捧花則可以搭配百
合、康乃馨和菊花。
　　受贈者的個性，以及你主辦節日的特色也
都應該在捧花中突顯。
　　一旦解開了包裝，捧花可以直接插入花
瓶、或分成幾個小花束，用在屋子內的各個
房間裡。

3. 繼續加上一層層的花材，在此同時，也一邊調整捧花的外形、色彩及構造。在花莖重疊的地方——通常是上方的六分之一處——綁上小緞帶，最後，再加上一個陪襯的蝴蝶結就大功告成（詳見153頁）。

2. 將較長的花莖稍加整理後，集中在捧花的中央，加入大形的非洲菊、康乃馨和猶太錦葵葉。調整外形的平衡，再鋪上一層輕盈點綴的滿天星在花朵四週。

花飾的娛樂性

巧妙地運用花朵，可以使食物更加鮮美可口。不只是做為餐桌、早餐盤、野餐毯，即使是沙拉、魚或肉餡的三明治或是蛋糕、點心、肉類、蔬菜等等。一朵玫瑰或一盆小花，為平淡無奇的餐點加入一絲特別的味道。同樣地，週日早晨在床上用餐看報紙的習慣，因為早餐盤上的一些花朵而倍感舒適，即使那是你自己放上去的！當然，如果鮮花——與早餐——在你一睜開眼就自動送到面前，這種驚喜就再好也不過了。

不論你是正在計畫一個朋友的午餐聚會、假日的烤肉派對、浪漫的兩人晚餐或大型的豪華晚宴，都不要忘記擺上一、兩盆花製造輕鬆愉快的氣氛。

這種節日的花飾不需要精雕細琢。事實上，一朵單獨的花就是兩人晚餐桌上最浪漫的裝飾主角。所挑選的花材，色彩與屋內裝潢、桌巾、餐巾紙或是食物本身相互輝映，甚至可以在花飾中，嘗試運用一些水果和蔬菜。櫻桃、黑莓、草莓、葉牡丹、甘藍葉、香草嫩枝等等，都可以在花飾中展現美麗的另一面。

星空下的燭光晚宴，不妨運用一些有香味的白色花朵。夏季的野餐則需要一大盆色彩耀眼、吸引眾人目光的花飾。在溫室舉辦的異國風味晚宴，很適合紅色，黃色活潑的熱帶性花卉展現風采。

適合邊桌的正面式型花飾

這盆混合水果、蔬菜和花卉的作品，是很豪華貴氣的晚宴花飾。葡萄、常春藤、無花果葉、桑椹、黑莓、油桃、鳳梨、紅花菜豆、葉牡丹葉、山蘋果、梨子、大麗花營造出一個難以忘懷的豐富節慶氣氛。

金蓮花萵苣沙拉（上圖）

金蓮花的特殊鹹味嚐起來有點像
水田芥，它們明亮的色彩和淡色
的萵苣搭配十分可口。金盞花、
蒲公英和粉紅色的菜豆花是不可
食用的裝飾物。這道菜最好以胡
桃油做沙拉醬。

菊苣香草沙拉（左圖）

色彩清爽的美味組合。這盤沙拉
以菊苣為底，加上可食用的花為
裝飾，如茴香、新嫩的蝦夷蔥。
這道菜最好配合酸味的澆醬。

花朵與食物

　　有許多種花是可以吃的，而毫無疑問的，菜色若是鮮美，香味也就俱全。許多可食用的花朵成為沙拉中的一道菜。美味的金蓮花，它豔麗的紅色、橘色、黃色花瓣和鮮綠的萵苣、深綠色的波菜、淡色的菊苣或者是有縐邊的菊萵苣一起入碟，形成強烈的視覺效果。香味甜美的玫瑰花瓣、金盞花、紫羅蘭、報春花、水果花，以及許多香草的花朵都是為餐盤加色的裝飾物。

母親節

母親節這個特殊節日，花朵是表達愛意的最佳禮物。在母親節送禮是一項相當新的傳統，而花朵是所有禮物中最熱門的一項。在這個節日裡，選擇以送花來傳達心意是很好的方法：由於許多花語都與生活上快樂的情緒有關，所以要挑選一組搭配美麗，同時又可以表達你和母親之間感情的花飾並不困難。

你可以用代表「愛」的玫瑰製作一束捧花，紫羅蘭花代表「青春永駐」、紫羅蘭代表「熱情」。或者你可以搭配代表「歡樂」的黃色百合，代表「我愛」的鮮紅色菊花，和代表「關心」的水仙。其他適合的花，像是圓葉鐘花代表「忠實」，紅色鬱金香是「愛的宣言」。

捧花和花飾都是常見的送禮方式，兩者的表現手法都很重要。捧花必須以玻璃紙包裝後，並且綁緊，再加上蝴蝶結的裝飾，花飾則要細心安排每朵花的位置，還要綁上精美、細緻的絲帶。

花的訊息

這盆可愛的花籃是完美的母親節禮物。白色玫瑰是愛的象徵，而雛菊帶有耐心的意義。白色鳶尾花代表「訊息」，讓這個可愛花籃的意義更為完整。

復活節

基督徒最重要的節日之一就是復活節。每年此時，教堂都會以百合的大型白色花瓣，以及帶有柔軟甜美的香味做爲花飾。你

如果要增添居家歡樂的氣氛，可以利用花園裡當季的花材和手繪的彩蛋，製作一個代表重生及復活意義的傳統復活節鳥巢花飾。

復活節鳥巢的做法

1. 用鐵絲剪剪下一段長方形的格子鐵絲網。然後將它摺疊，尖端塞進角落形成一個鳥巢的外觀。

2. 用棕櫚纖維的線穿過針頭，將一撮撮乾草及赤揚木縫進鐵網的架子上成為鳥巢。

3. 在鳥巢中放入一個盛水容器，再塞進濕潤的海綿。將花飾和彩蛋安置於海綿之上。

慶祝復活節

完成後的鳥巢展現搶眼的黃色、粉紅和嫩綠的花草組合，包圍著一窩手繪的彩蛋，兩者色彩相互輝映。任何簡單花朵的組合都能營造出悠閒的風格。這盆花飾使用的有牛唇百合、紅醋栗花的細枝、一點黃小菊、西洋櫻草、以及文心蘭。

婚　禮

婚禮是我們人生中最重要的典禮之一，因此這個盛事也較氣派豪華。然而，在這個場合的所有禮節應對上，花是最能展現歡迎之意的因素。所以值得我們花費心思製作美侖美奐的花飾。

新娘通常會拿著一束捧花，形式不拘，從花園摘下來的簡單花束到精心設計，以鐵絲固定花朵，並呈優雅的花草瀑布般垂掛下來的大型捧花。捧花的形式和色彩依婚禮風格以及新娘禮服的設計而定。一束百合可以成為新娘臂彎裡優雅的捧花，如果是比較隨性的婚禮，一把簡單小花束正恰如其份。

還有新娘頭上的花飾，它們同樣地可以很簡單，只用單一的花朵，或是一圈、半圈的花冠作為頭飾。

伴娘通常也會拿花，她們的捧花與新娘類似，不過伴娘大多只是拿小型的花束，而不是像瀑布般垂掛的捧花。如果是小花童，可以拿花籃或是小花圈，或者是以緞帶垂掛的小花球也十分適合。伴娘的花飾要和禮服的顏色、格調相搭配，也和新娘花飾的顏色互相呼應。

男性的胸花（右圖及下圖）
新郎及賓客的裝飾胸花，有傳統及另類造形：1.蘭花——婚禮上最受歡迎的花卉——配上山茶葉；2.粉桃玫瑰加上尤加利葉；3.素雅的白玫瑰（有關花莖的固定法詳見189-190頁）

1

2

3

伴娘的花飾髮夾（上圖及最上圖）
組合你挑選的三束花草（花莖固定法詳見189-190頁），將多餘的鐵絲以膠帶纏繞，然後將一束花綁在齒梳上，以膠帶遮蓋細綁處。再將其他兩束花也綁在髮夾上，與第一束稍微重疊。在每一端預留2公分的鐵絲，可以纏繞齒梳上固定花飾。

新娘捧花的做法

1. 先將所有的花材都分別以鐵絲加強固定，並延長花莖的長度(詳見189-190頁)。

2. 開始將一些羊齒、花朵、葉片以鐵絲綑綁成一簇拖尾。

3. 再一一綁入更多的花朵，變成一個三角形外觀的拖尾。

4. 同時以膠帶遮蓋鐵絲，再把花莖彎折至花朵的下方，這就完成了它的拖尾。

5. 在拖尾上方加入其餘的花材，將鐵絲集中在彎折的把手附近，花材分散配置。

6. 讓尾端垂下來，用緞帶由下而上將把手纏繞住，再加上一個蝴蝶結(詳見153頁)。

傳統的新娘捧花

雖然這束捧花的製作相當費時，然而閃閃發亮的白色花朵加上銀色、綠色葉片組合起來的效果，相當豪華氣派；它同時散發欣喜、清新的香味。使用的花材包括有草玉鈴、石楠叢、蘭花、夜來香、迷迭香、常春藤、千鳥草、銀葉菊、白玫瑰，以及羊齒葉。

婚禮花卉的準備

　　所有婚禮當天拿的或配戴的花朵，都應在婚禮來臨前的一小段時間才準備，因為它們很快就會凋謝。在著手製作花飾之前，最好讓它們有充足、良好的水分滋潤。康乃馨和香石竹、一點紅小菊、小蒼蘭、秘魯百合、夜來香、滿天星、半開的玫瑰都能持續一段時間，只要存放在陰涼的地方，它們可以在12個小時前開始準備。然而，放在冰箱並不是很好的方法，因為太過冰冷反而容易使它結霜。宿根豌豆、盛開的玫瑰、聖誕玫瑰、草玉鈴比較不能久放。

教堂的花飾

　　裝飾教堂的花飾和新娘、伴娘、賓客配戴的花飾一樣重要。如果可以和新娘花飾的顏色相呼應，那就太完美了。但必須記住，教堂的色彩比較明亮，通常適合搭配較淺色或色彩亮眼的花材。

　　一般而言，教堂內部主要有兩種花飾，一種是放在講壇兩側，從各個角度都能欣賞得到。另一種是放在大門入口處，歡迎每位來賓的參加。窗台可以特別加以裝飾，柱子也可以用花圈點綴，小型的花飾則可以固定在長椅的兩端。

花球（下圖）

這個垂掛在粉紅緞帶上的可愛花球，是以乳白色及粉紅色的小型玫瑰、牛尾菜的藤蔓和黃蓍組合而成的迷人造形。準備基座時，先將球形海綿(左下圖)浸泡在水中。取一條長鐵絲，並將它穿透過球形海綿，再彎出一段弧形與海綿固定。將鐵絲兩端往後彎折，形成一個弧形圓圈。將緞帶穿過鐵絲圈，兩端綁緊後，再將球形吊掛起來。然後將花材及觀葉植物插進海綿裡遮住基座，最後再把蝴蝶結固定在緞帶上。

花籃（上圖）

一籃優雅的迷你花卉看起來非常可愛，適合讓年輕的伴娘提著。花朵的色彩應該與她禮服的顏色相襯。這盆花飾運用了乳白色、粉紅色的迷你玫瑰、星辰花、皮革羊齒、石楠叢。

花球的基座

特別佳賓的長椅花飾

長椅花飾表達出熱烈的歡迎之意。因為這些花朵都固定在濕潤的海綿上，所以較能持久。這個花飾的組合包括縐葉甘藍、豔紅鹿子百合、堯古魯斯草、紫苑、茴香、小蘗、千鳥草、黃玫瑰、山毛櫸。捧花其實也可以垂掛起束，但是為了確保它在整個典禮過程中都需要維持新鮮的樣貌，必須等到最後階段才開始製作。

長椅花飾的做法

1. 將垂掛的框架塞入海綿，使之濕潤且密合。然後將縐葉甘藍固定在框架上方的中心點。

2. 把短柄的花卉從背後插入甘藍葉四週，然後，再填入長柄的百合、堯古魯斯草、觀葉植物形成尾曳。

收成時分與感恩節

秋天正是許多農作物收成的季節：穀物、蘋果、梨子、石榴、柿子、瓜類、核桃、葡萄、朝鮮薊、甜玉米、南瓜以及五彩甜椒。教堂裡總是擺滿了收成的水果：即使是大城市裡的教會也以收成果實的金黃色、棕色、黃色做爲佈置的基調。這些顏色與當季盛產的花卉，例如各種的菊花、大麗花、麥桿菊和劍蘭相互呼應。

收成的節慶在所有慶典當中最具歷史性意義，可回溯至異教徒時代人們完全仰賴自己收成的穀物開始。時至今天，我們幾乎已經感受不到收成品質的好壞。即使面臨在一個潮濕多雨、缺乏日照的夏季，農民抱怨收成欠佳，然而，商店裡仍然看得到成堆的水果及蔬菜供應。

收成感恩，是一種家庭節慶並回應四季與我們生活互動的時刻。有什麼方式比舉辦一個以收成農作物做裝飾的感恩慶祝會來得好呢？在閃亮的秋天色彩中，花飾尤其顯得光輝燦爛，有豔麗的琥珀色、陽光般的金黃色，以及核果般的棕色。讓水果、蔬菜、穀物成爲花飾的主角來慶祝收成，也許佈置成一個感恩節展示桌，或者成爲豐富花圈的一部分，可以放在門口或餐檯上。

秋之慶典

小型中空的南瓜加上塑膠容器，成為這盆花飾的花器。夕陽般的色彩使它成為結合衛矛、雪梅、燈籠草、麥桿菊的快樂組合。

季節花圈

用花圈裝飾門、壁爐、桌子、
壁龕或繪畫作品是很溫馨的方
式。如果你想製作一個長型花
圈，可以連結數個塞滿青苔的
管狀鐵絲網，用以青苔加以固

定，再覆蓋上其他固定綁好的
花材或植物。這個花圈的組合
包括黃色百合、薔薇花托、五
爪蘋果、紅椒、黃椒、以及辣
椒、黃楊葉、大麥、野鐵線
蓮、尤加利葉。

光彩耀眼的花圈做法

1. 決定你的花圈的長度，並製
作相當數量的鐵網管狀物（詳
見第183頁）。以青苔線加以串
連，然後將甜椒、蘋果（詳見
第170頁）及百合（詳見第190
頁）也加上固定用的鐵絲。

2. 一次取其中一段，將各種花
材的花莖及鐵絲插入青苔中。
花材的排列必須以花圈的懸掛
方向一致，花材儘量重疊以遮
蓋底部基座。

聖誕節

聖誕節的倒數計時是在四星期之前的降臨節期就開始了。在這段期間，許多國家的人們都以插著四根蠟燭的花環做為慶祝，在當月的每個星期日點燃一根蠟燭。你可以拿鮮花和觀葉植物製作降臨節期的花環，每個星期更換一次花材。也就是在降臨節期的一開始，以這類裝飾物為聖誕節來臨暖身。這個節期的娛樂活動在一年當中居冠，有許多機會擺設溫馨、美麗的裝飾物。

在早期異教徒時代即有寒冬的慶典，常綠樹如槲寄生、針葉樹、冬青樹、常春藤經常成為屋內的裝飾品。14世紀時，聖誕節——這個字是由基督（Chris）的彌撒（Mass）衍生而來——起初只有教會舉行慶祝儀式。漸漸地，異教徒與基督徒將這兩種節慶融合在一起。互贈禮物傳統的形成早於基督教社會的出現，在家中擺設燈籠的習俗也是一樣，它演變成今日的聖誕樹彩燈。聖誕樹是近代的慶祝方式之一，由亞伯特親王在1845年從他所屬的科堡（Coburg，德國）大量引進並造成風行。花卉及常綠的觀葉植物，也在今日的聖誕節慶中扮演相當重要的角色。聖誕樹每年的銷售數字有幾百萬棵，而以美麗溫馨的花飾及花圈來裝點家中氣氛也令人十分興奮。花店可以供應各式各樣五顏六色、持久的花材，以及大家熟悉的冬青、槲寄生、常春藤和小棵的松柏。

傳統聖誕節的花飾及裝飾品永遠都很受歡迎：聖誕樹在聖誕節前幾天以簡單的蠟燭及蝴蝶結點綴裝飾；前門以冬青及松柏編成的花環搭配；裝飾華麗的花圈；色彩明豔亮麗的花飾或許再加上蠟燭，為走廊、起居室、邊桌或餐桌增添明亮的氣氛。它們是聖誕節的魅力之一。

小樹叢花環
將三簇青針樅搭配球果、小飾品，以及棕櫚葉柄的纖維抽成絲狀纏繞，懸掛起來。

傳統的圓形花圈
雜色冬青及青針樅繫在框架上（詳見第183頁），其加入紅色小球及蝴蝶結裝飾。

聖誕派對的中心花飾

以質感甚佳的白色圓轉盤陶器創造出這盆波浪形花

飾。紅綠相間亮麗色調由紅玫瑰及花竹柏葉搭配而成。歐洲山梨叢、雪莓和綠色蠟燭烘托出整個主題。

聖誕節花環

這裡展示了三種不同類型的花環，活潑豐富的花環在
牆壁上最為出色，或者環繞著鏡子、窗戶也別具特
色。優雅式的花環與櫥櫃、壁爐架搭配，或拿來環繞
繪畫作品都很適合，而傳統的典型花環對裝飾客廳的
大型壁爐再好也不過了。

傳統的典型花環

1. 將冷杉的枝葉綁上球果，重疊
組合並加以固定製造出你要的外
形。在冷杉枝葉上多綁幾個點固
定，確保它們的組合十分牢固。

2. 在花環上綁入冬青果及胡頹子，
綁滿整個花環。

優雅的花環

將棕櫚葉柄的纖維編成麻花辮
（詳見第185頁），然後將金黃色、
呈展開狀的花竹柏葉和銀色的落
葉松球果，等距地穿插進麻花辮
當中。如果希望營造更濃厚的節
慶氣氛，可以在每簇花材之中綁
上金黃色的球飾。

活潑豐富的花環

在鐵絲網中塞滿青苔（詳見第183
頁）成為花環的基座。將青針樅的
枝葉塞進或綁入花環基座，然後再
將綁好的水果插入基座當中。最
後，加上人造的櫻桃飾品。

乾　燥　花

———

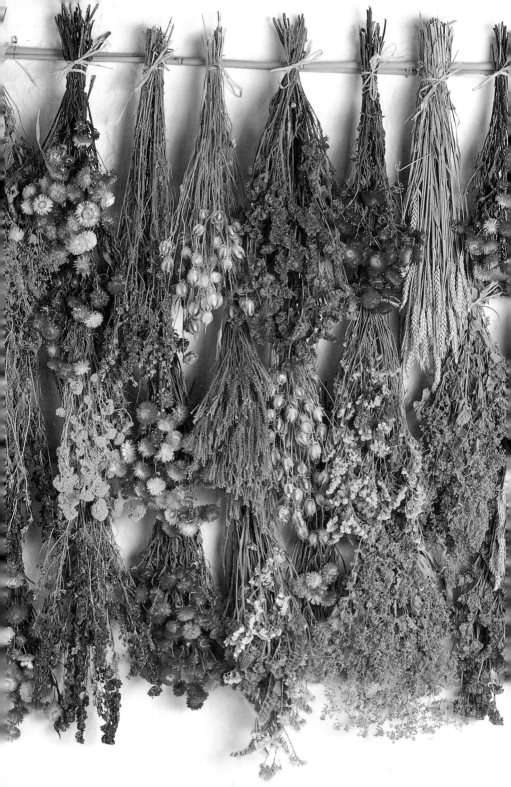

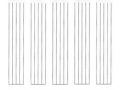
100

台北市信義路二段213號11樓

城邦出版集團

貓頭鷹出版社 收

貓頭鷹讀者服務卡

◎謝謝您購買《DIY生活百科15-生活花藝完全指南》

　　為了給您更好的服務，敬請費心詳填本卡。填好後直接投郵(免貼郵票)，您就成為貓頭鷹的貴賓讀者，優先享受我們提供的優惠禮遇。

姓名：＿＿＿＿＿＿＿＿＿＿＿＿＿＿　□先生　　民國＿＿＿＿年生
　　　　　　　　　　　　　　　　　□小姐　□單身　□已婚

郵件地址：□□□＿＿＿＿＿＿＿＿＿　縣　　　　　　　鄉鎮
　　　　　　　　　　　　　　　　　市＿＿＿＿＿＿＿市區

聯絡電話：公(0　)＿＿＿＿＿＿宅(0　)＿＿＿＿＿＿＿

身分證字號：＿＿＿＿＿＿＿＿＿傳真：(0　)＿＿＿＿＿

■您所購買的書名：　＿＿＿＿＿＿＿＿＿＿＿＿＿＿＿

■您從何處知道本書？
□逛書店　　　□書評　　　　□媒體廣告　　□媒體新聞介紹
□本公司書訊　□直接郵件　　□全球資訊網　□親友介紹
□銷售員推薦　□其他

■您希望知道哪些書最新的出版消息？
□旅遊指南　　□社會科學　　□自然科學　　□休閒生活
□文史哲　　　□通識知識　　□兒童讀物
□文學藝術　　□其他＿＿＿＿＿＿＿＿＿＿＿＿＿＿＿

■您是否買過貓頭鷹其他的圖書出版品？□有　□沒有

■您對本書或本社的意見：

第四章
乾燥花草
導覽

接下來的篇幅是以色彩為主軸，介紹在
生活花藝中常用的乾燥花和植物。
某些花材例如星辰花和蠟菊、玫瑰
（*Rosa* sp.）、常青花卉（*Helichrysum* sp.）
是相當珍貴的，因為它們盛開的形態及
色彩都不盡相同。
雖然源自世界各個不同的地方，這些
圖例的花材其實都十分普遍。
少部分（某些球果和葉片）的花材必須
細心地在野外揀拾，以免傷害了母株。
在你摘取花材之前，要確定它不是受保
護或瀕臨絕種的植物，絕對不要摘取
任何這類的野生植物。
對於栽種的花圃，在採收前一定要
經過主人的同意。

自然的豐富面貌

懸掛在牆上一整排的乾燥花海，看起來好像
一塊五彩地毯或緞錦。這一排色彩、形態組合豐富的
花束包括有：玫瑰、鱗托菊、麥稈菊、西洋蓍草、
燈籠花、星辰花 、大麥等等，在洗白的牆面上
製造出十分純樸的鄉野風光。

紅色與粉紅

羊茅
Festuca sp.

誠實木
Lunaria rediviva

雀麥
Bromus sp.

菜薊
Cynara sp.

洋蔥花
Allium sp.

髮草
Aira sp.

普羅帝亞或角蜜花
Protea compacta

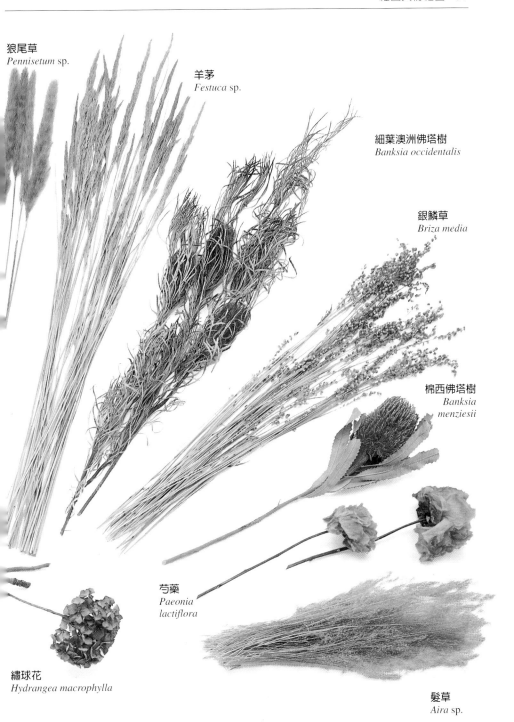

狼尾草
Pennisetum sp.

羊茅
Festuca sp.

細葉澳洲佛塔樹
Banksia occidentalis

銀鱗草
Briza media

棉西佛塔樹
Banksia menziesii

芍藥
Paeonia lactiflora

繡球花
Hydrangea macrophylla

髮草
Aira sp.

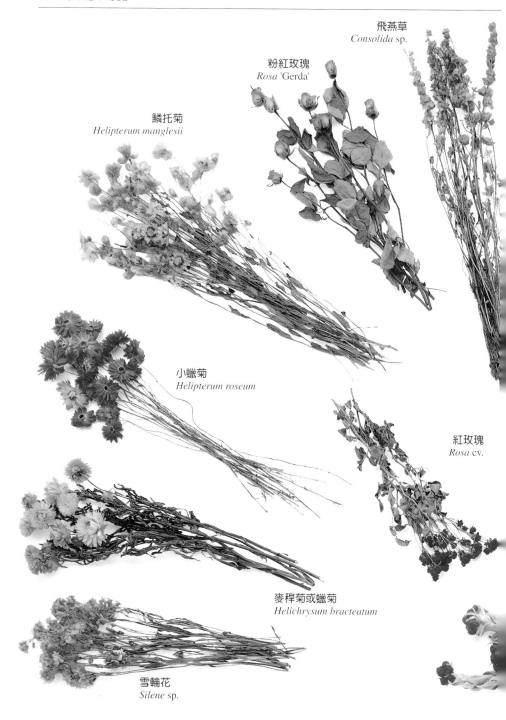

飛燕草
Consolida sp.

粉紅玫瑰
Rosa 'Gerda'

鱗托菊
Helipterum manglesii

小蠟菊
Helipterum roseum

紅玫瑰
Rosa cv.

麥稈菊或蠟菊
Helichrysum bracteatum

雪輪花
Silene sp.

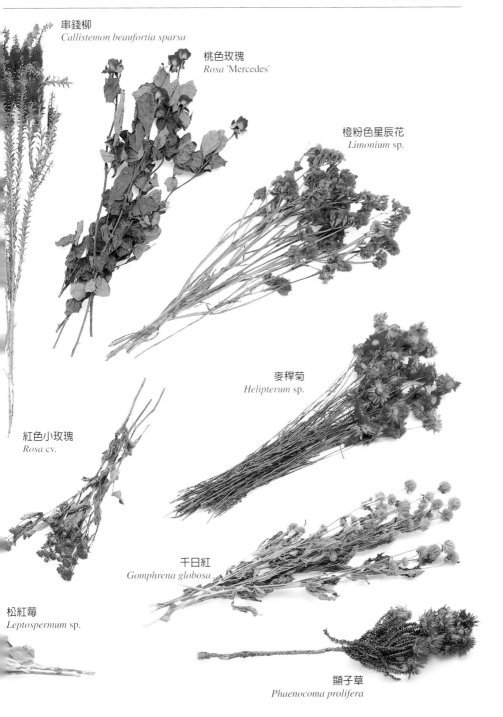

串錢柳
Callistemon beaufortia sparsa

桃色玫瑰
Rosa 'Mercedes'

橙粉色星辰花
Limonium sp.

麥稈菊
Helipterum sp.

紅色小玫瑰
Rosa cv.

千日紅
Gomphrena globosa

松紅莓
Leptospermum sp.

顯子草
Phaenocoma prolifera

鮮紅色麥稈菊
Helichrysum
bracteatum

鐘鈴石楠
Erica cinerea

松傘菊、門氏刺蓮花
或坎薩斯麒麟菊
Liatris spicata

深紅色玫瑰
Rosa 'Ilona'

土耳其補血草
Limonium suworowii

南蛇
Celastrus s

銅山毛櫸
Fagus sylvatica 'Cuprea'

深紅色麥稈菊
Helichrysum
bracteatum

西洋蓍草
Achillea millefolium

大麗花
Dahlia sp.

紅玫瑰
Rosa 'Jaguar'

雞冠花
Celosia argentea cristata

紅袋足花
Anigozanthos
rufus

鼬鼠蘚
Leucodendron sp.

桉樹
Eucalyptus sp.

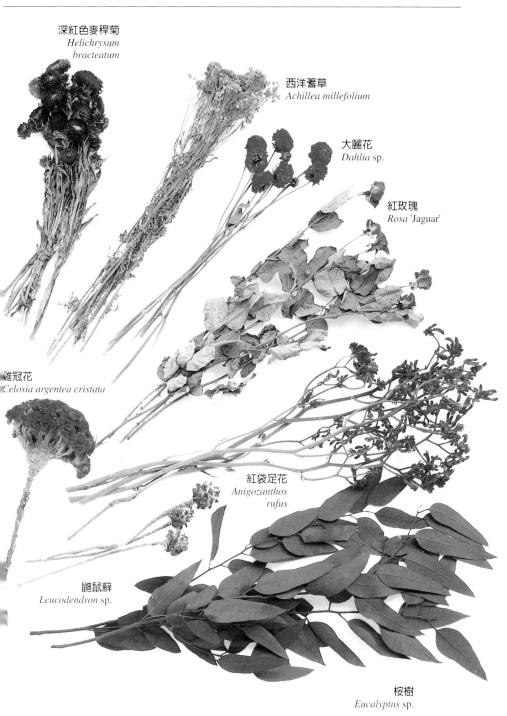

橘色與黃色

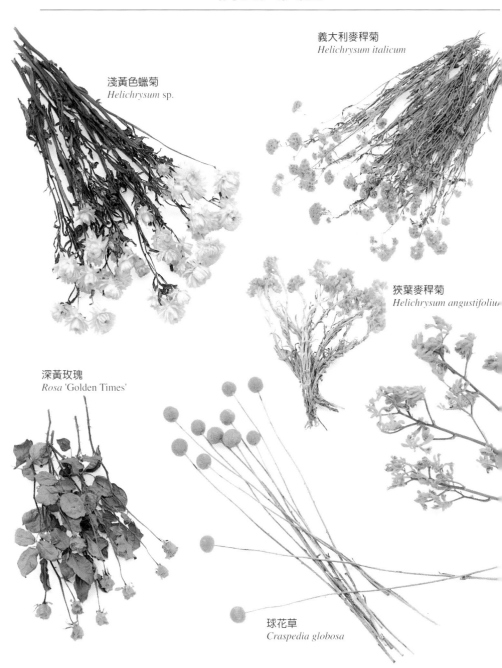

義大利麥稈菊
Helichrysum italicum

淺黃色蠟菊
Helichrysum sp.

狹葉麥稈菊
Helichrysum angustifoliu

深黃玫瑰
Rosa 'Golden Times'

球花草
Craspedia globosa

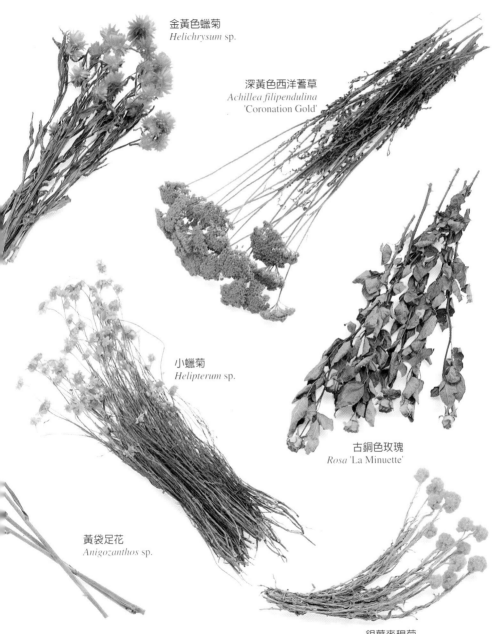

金黃色蠟菊
Helichrysum sp.

深黃色西洋蓍草
Achillea filipendulina
'Coronation Gold'

小蠟菊
Helipterum sp.

古銅色玫瑰
Rosa 'La Minuette'

黃袋足花
Anigozanthos sp.

銀葉麥稈菊
Helichrysum sp.

艾菊
Chrysanthemum sp.

澳洲佛塔樹
Banksia baxteri

斗篷草
Alchemilla mollis

非洲菊
Arctosis sp.

合歡或銀栲皮樹
Acacia sp.

耶路撒冷鼠尾草
Phlomis fruticosa

金黃星辰花
Limonium sp.

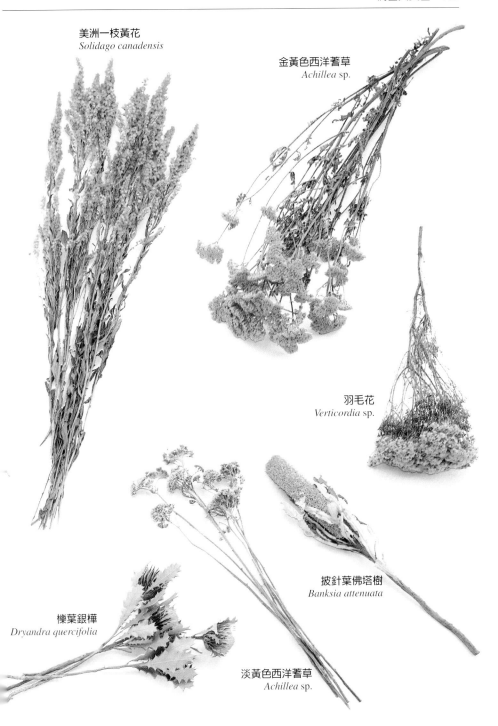

美洲一枝黃花
Solidago canadensis

金黃色西洋蓍草
Achillea sp.

羽毛花
Verticordia sp.

披針葉佛塔樹
Banksia attenuata

櫟葉銀樺
Dryandra quercifolia

淡黃色西洋蓍草
Achillea sp.

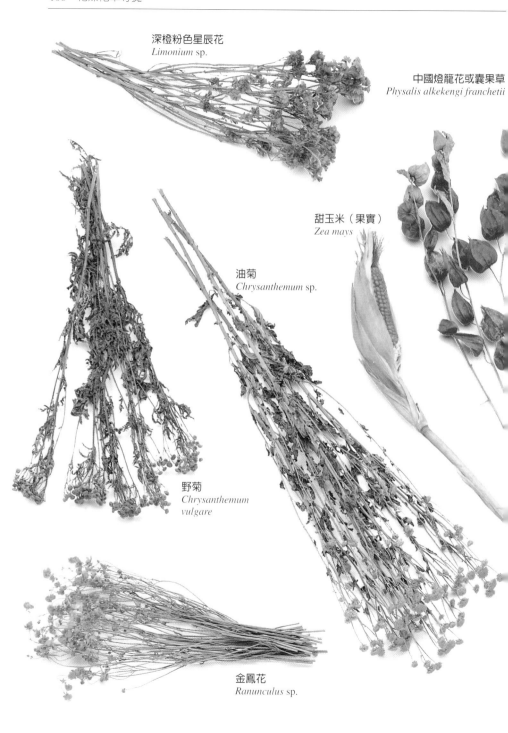

深橙粉色星辰花
Limonium sp.

中國燈籠花或囊果草
Physalis alkekengi franchetii

甜玉米（果實）
Zea mays

油菊
Chrysanthemum sp.

野菊
*Chrysanthemum
vulgare*

金鳳花
Ranunculus sp.

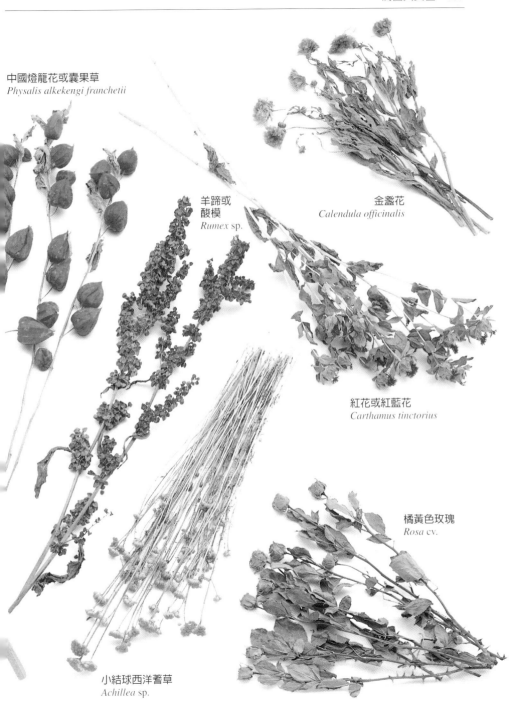

中國燈籠花或囊果草
Physalis alkekengi franchetii

羊蹄或
酸模
Rumex sp.

金盞花
Calendula officinalis

紅花或紅藍花
Carthamus tinctorius

橘黃色玫瑰
Rosa cv.

小結球西洋蓍草
Achillea sp.

綠色與棕色

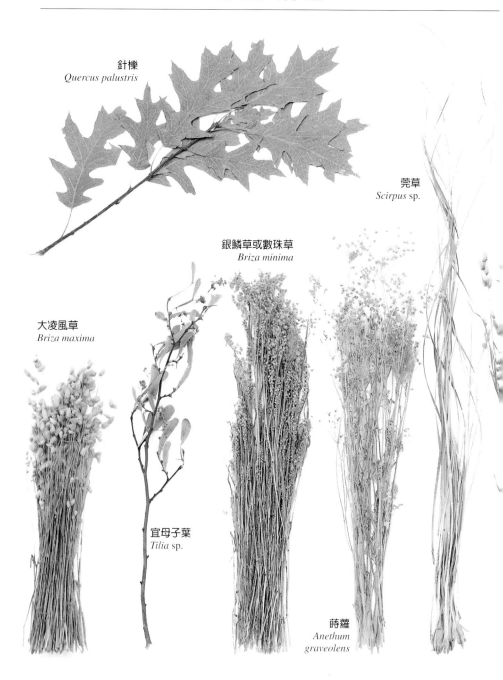

針櫟
Quercus palustris

莞草
Scirpus sp.

銀鱗草或數珠草
Briza minima

大凌風草
Briza maxima

宜母子葉
Tilia sp.

蒔蘿
Anethum graveolens

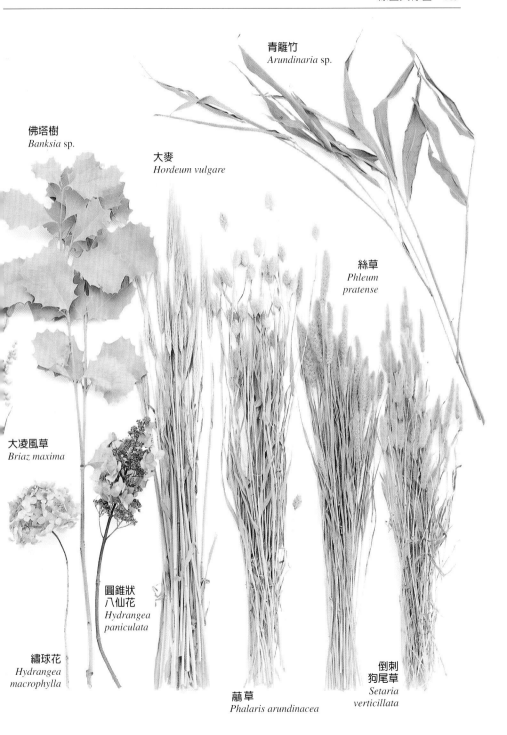

青籬竹
Arundinaria sp.

佛塔樹
Banksia sp.

大麥
Hordeum vulgare

絲草
Phleum pratense

大凌風草
Briaz maxima

圓錐狀
八仙花
Hydrangea paniculata

繡球花
Hydrangea macrophylla

藘草
Phalaris arundinacea

倒刺
狗尾草
Setaria verticillata

洋常春藤
Hedera helix

鬚葉桃金孃
Calytrix sp.

波葉榮華樹
Hakea cucullata

鱗毛蕨
Dryopteris filix-mas

紫芥菜
Alyssum sp.

水芹
Capsella sp.

青苔
Mnium sp.

山毛櫸
Fagus sylvatica

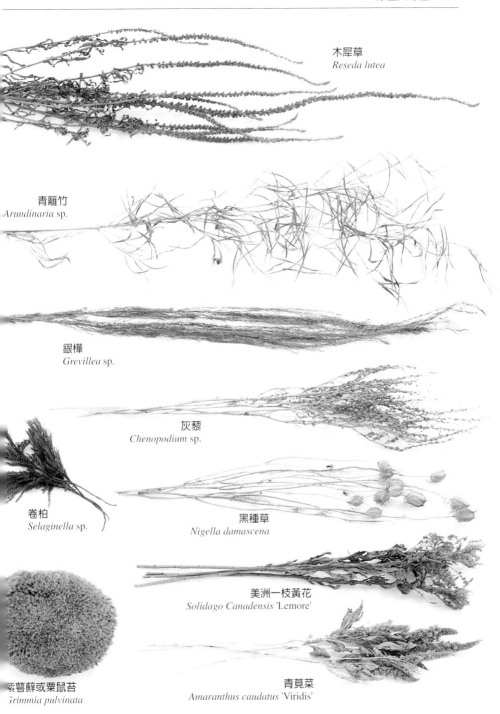

木犀草
Reseda lutea

青籬竹
Arundinaria sp.

銀樺
Grevillea sp.

灰藜
Chenopodium sp.

卷柏
Selaginella sp.

黑種草
Nigella damascena

美洲一枝黃花
Solidago Canadensis 'Lemore'

紫蕚蘚或粟鼠苔
Grimmia pulvinata

青莧菜
Amaranthus caudatus 'Viridis'

雪桉
Eucalyptus niphophila

歐洲赤松
Pinus sylvestris

燈心草
Juncus sp.

繡球花
Hydrangea macrophylla

白木
Leucodendron sp.

銀樺
Dryandra sp.

澳洲蘆葦
Phragmites australis

青籬竹
Arundinaria sp.

星花白木
Leucodendron stelligerum

莞草
Scirpus sp.

紅千層
Callistemon citrinus

墨西哥橙
Choisya ternata

榮華樹
Hakea sp.

澳洲蘆葦
Phragmites australis

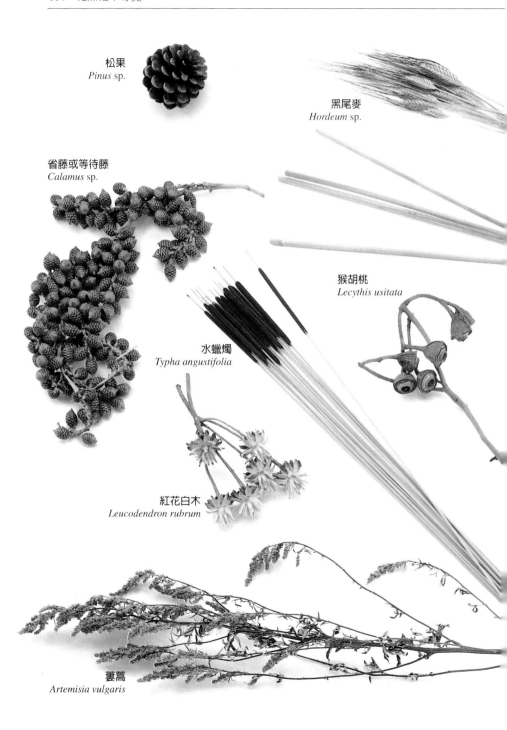

松果
Pinus sp.

黑尾麥
Hordeum sp.

省藤或等待藤
Calamus sp.

猴胡桃
Lecythis usitata

水蠟燭
Typha angustifolia

紅花白木
Leucodendron rubrum

蔞蒿
Artemisia vulgaris

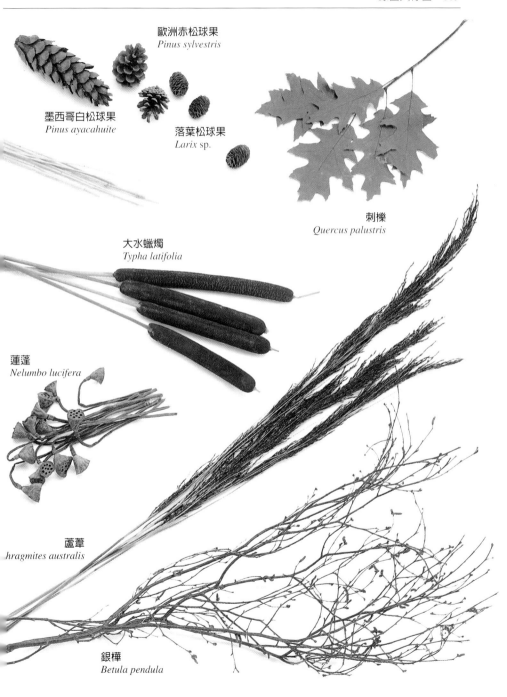

歐洲赤松球果
Pinus sylvestris

墨西哥白松球果
Pinus ayacahuite

落葉松球果
Larix sp.

刺櫟
Quercus palustris

大水蠟燭
Typha latifolia

蓮蓬
Nelumbo lucifera

蘆葦
hragmites australis

銀樺
Betula pendula

粟草
Milium sp.

菜薊
Cynara scolymus

黑種草
Nigella damascena

繡球蔥
Allium aflatunense

蛇麻子
Humulus lupulus

埃及紙莎草或紙莎草
Cyperus papyrus

羊茅
Festuca sp.

薹
Carex sp.

白木
Leucodendron sp.

風箱果
Physocarpus sp.

藍色與紫色

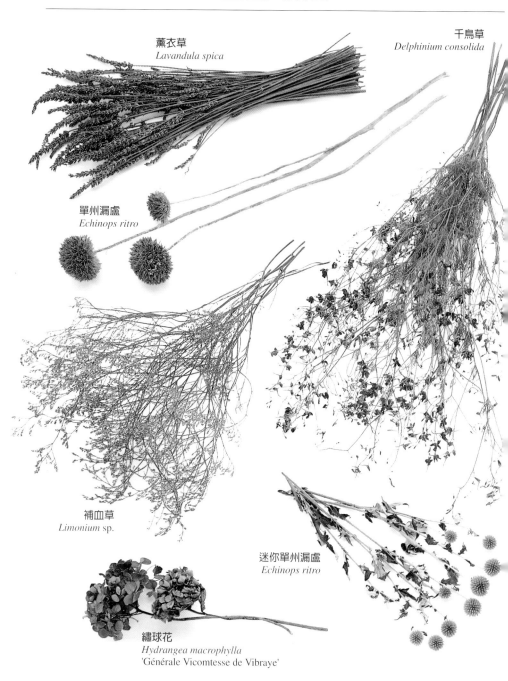

薰衣草
Lavandula spica

千鳥草
Delphinium consolida

單州漏盧
Echinops ritro

補血草
Limonium sp.

迷你單州漏盧
Echinops ritro

繡球花
Hydrangea macrophylla
'Générale Vicomtesse de Vibraye'

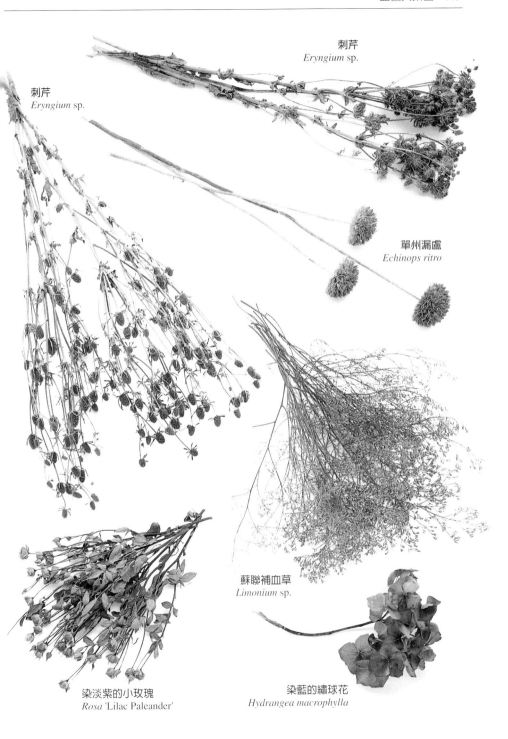

刺芹
Eryngium sp.

刺芹
Eryngium sp.

單州漏盧
Echinops ritro

蘇聯補血草
Limonium sp.

染淡紫的小玫瑰
Rosa 'Lilac Paleander'

染藍的繡球花
Hydrangea macrophylla

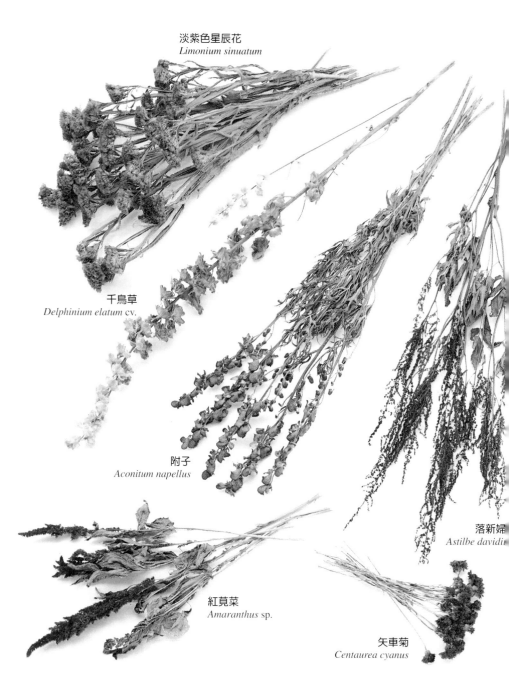

淡紫色星辰花
Limonium sinuatum

千鳥草
Delphinium elatum cv.

附子
Aconitum napellus

落新婦
Astilbe davidii

紅莧菜
Amaranthus sp.

矢車菊
Centaurea cyanus

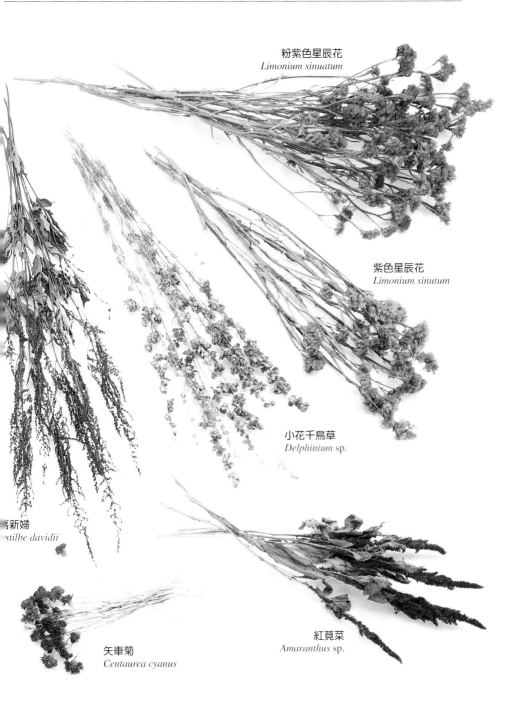

粉紫色星辰花
Limonium sinuatum

紫色星辰花
Limonium sinutum

小花千鳥草
Delphinium sp.

新婦
stilbe davidii

矢車菊
Centaurea cyanus

紅莧菜
Amaranthus sp.

白色、乳白、銀色

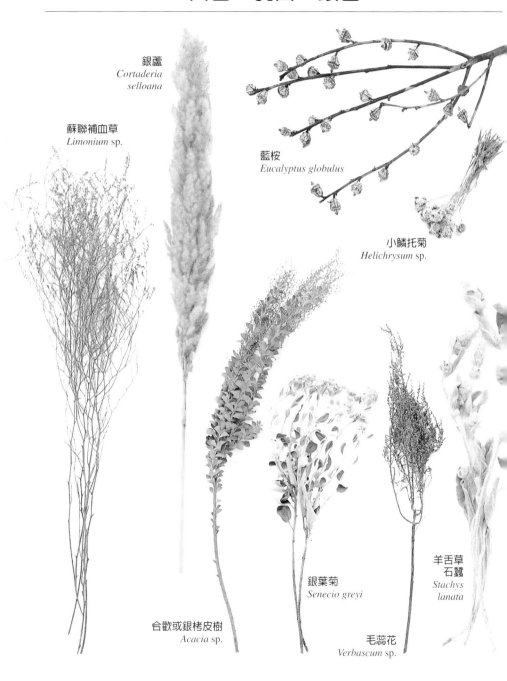

銀蘆
Cortaderia selloana

蘇聯補血草
Limonium sp.

藍桉
Eucalyptus globulus

小鱗托菊
Helichrysum sp.

銀葉菊
Senecio greyi

羊舌草
石蠶
Stachys lanata

合歡或銀栲皮樹
Acacia sp.

毛蕊花
Verbascum sp.

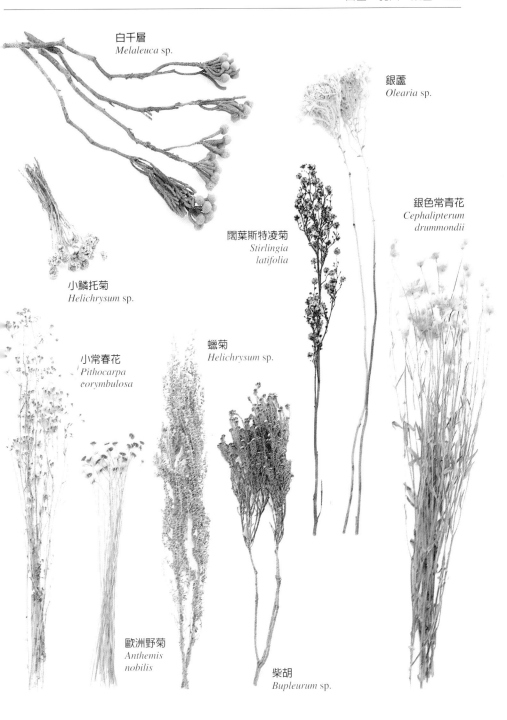

白千層
Melaleuca sp.

銀蘆
Olearia sp.

銀色常青花
Cephalipterum drummondii

閣葉斯特凌菊
Stirlingia latifolia

小鱗托菊
Helichrysum sp.

蠟菊
Helichrysum sp.

小常春花
Pithocarpa corymbulosa

歐洲野菊
Anthemis nobilis

柴胡
Bupleurum sp.

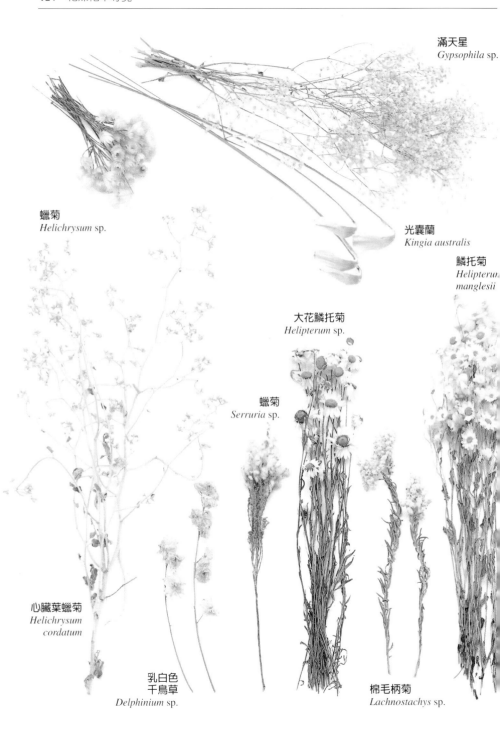

滿天星
Gypsophila sp.

蠟菊
Helichrysum sp.

光囊蘭
Kingia australis

鱗托菊
*Helipterum
manglesii*

大花鱗托菊
Helipterum sp.

蠟菊
Serruria sp.

心臟葉蠟菊
*Helichrysum
cordatum*

乳白色
千鳥草
Delphinium sp.

棉毛柄菊
Lachnostachys sp.

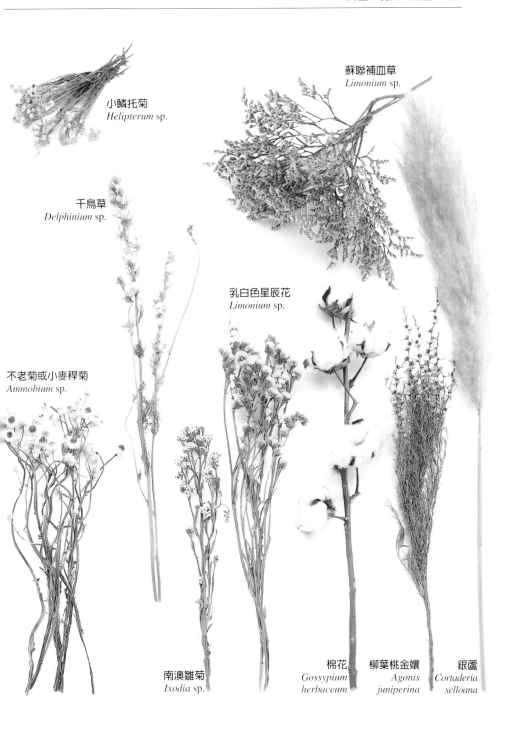

小鱗托菊
Helipterum sp.

蘇聯補血草
Limonium sp.

千鳥草
Delphinium sp.

乳白色星辰花
Limonium sp.

不老菊或小麥稈菊
Ammobium sp.

南澳雛菊
Ixodia sp.

棉花
Gossypium
herbaceum

柳葉桃金孃
Agonis
juniperina

銀蘆
Cortaderia
selloana

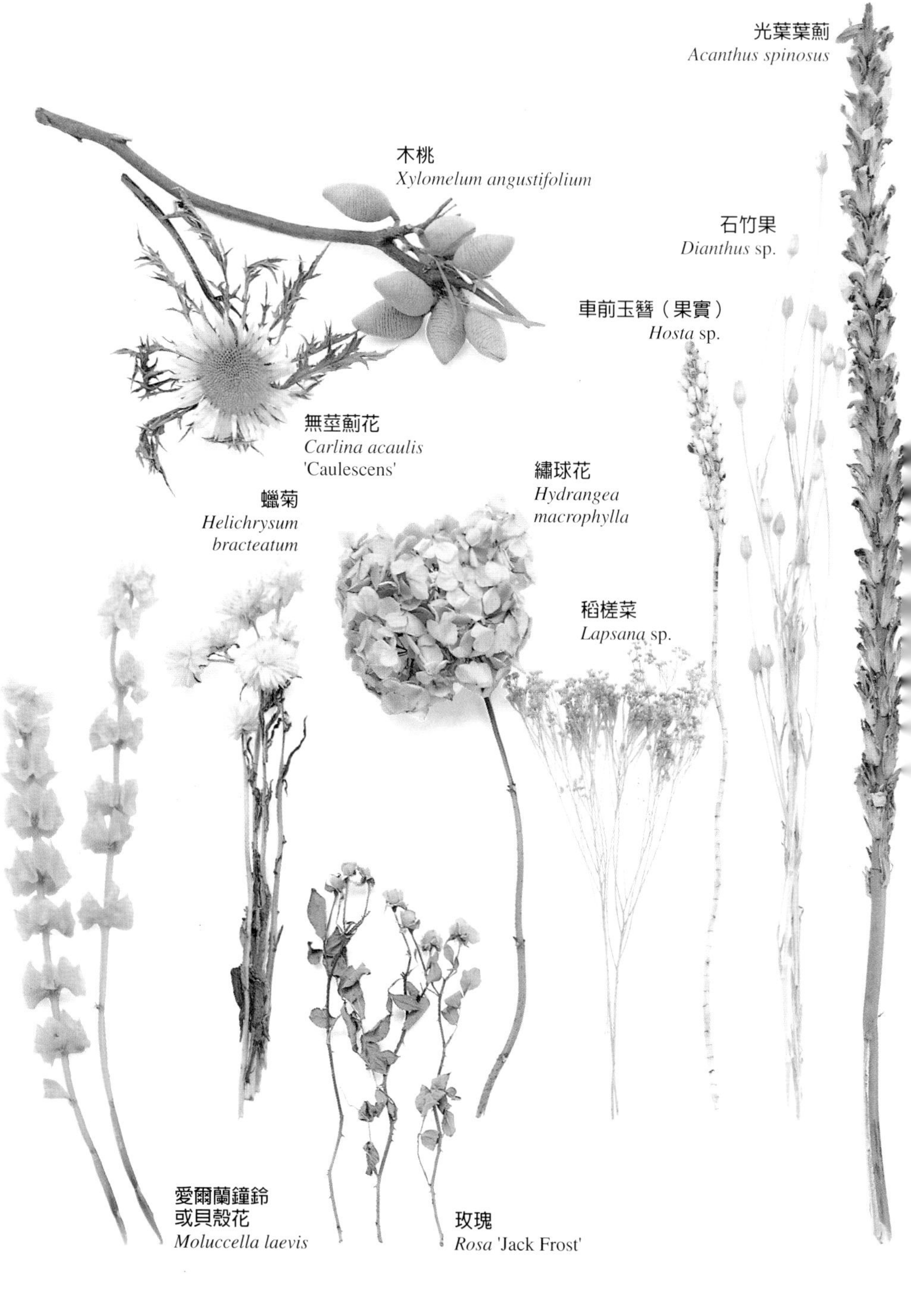

光葉葉薊
Acanthus spinosus

木桃
Xylomelum angustifolium

石竹果
Dianthus sp.

車前玉簪（果實）
Hosta sp.

無莖薊花
Carlina acaulis
'Caulescens'

繡球花
Hydrangea
macrophylla

蠟菊
Helichrysum
bracteatum

稻槎菜
Lapsana sp.

愛爾蘭鐘鈴
或貝殼花
Moluccella laevis

玫瑰
Rosa 'Jack Frost'

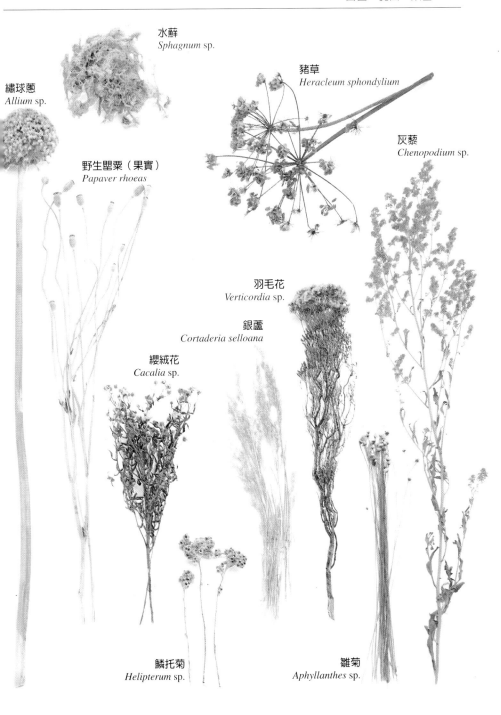

水蘚
Sphagnum sp.

豬草
Heracleum sphondylium

繡球蔥
Allium sp.

灰藜
Chenopodium sp.

野生罌粟（果實）
Papaver rhoeas

羽毛花
Verticordia sp.

銀蘆
Cortaderia selloana

纓絨花
Cacalia sp.

鱗托菊
Helipterum sp.

雛菊
Aphyllanthes sp.

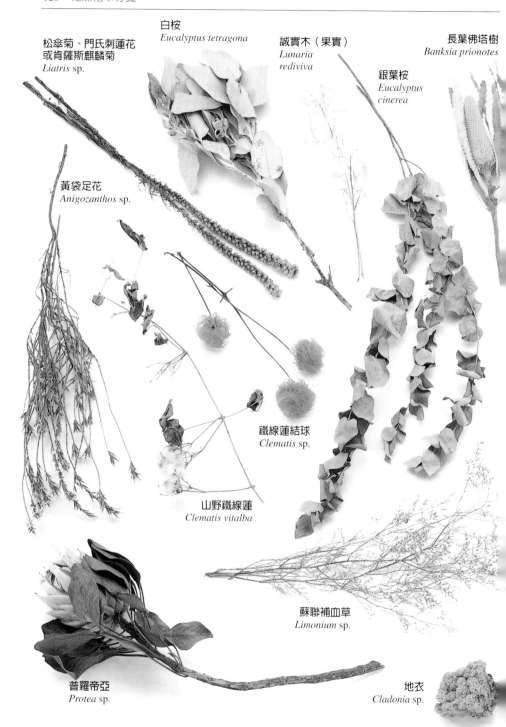

白桉
Eucalyptus tetragona

松傘菊、門氏刺蓮花
或肯薩斯麒麟菊
Liatris sp.

誠實木（果實）
*Lunaria
rediviva*

長葉佛塔樹
Banksia prionotes

銀葉桉
*Eucalyptus
cinerea*

黃袋足花
Anigozanthos sp.

鐵線蓮結球
Clematis sp.

山野鐵線蓮
Clematis vitalba

蘇聯補血草
Limonium sp.

普羅帝亞
Protea sp.

地衣
Cladonia sp.

其他的乾燥植物花材

以上是根據色彩分類圖解的乾燥植物，不過，並沒有完整介紹這一類供應豐富的花材。下列表格舉出更廣泛的花材選擇，可以讓你成功運用在乾燥花飾上。以顏色爲參考值的一覽表，加上種類繁多的花材形態，使你能更得心應手地規畫插花藝術的表現。

	紅色	粉紅色	橙色	黃色	棕色	綠色	藍色	紫色	白色	乳白色	銀色
繡球蔥 Allium afflatunense		●									
秘魯百合 Alstroemeria ligtu	●	●	●	●							
孤挺花 Amaryllis belladonna	●	●						●			
籟簫 Anaphalis yedoensis								●			
紅花白頭翁 Anemone coronaria	●			●			●	●			
落新婦 Astilbe arendsii		●				●			●		
柴胡 Bupleurum sp.						●					
日本山茶 Camellia japonica	●	●				●			●		
大花矢車菊 Centaurea macrocephala			●								
墨西哥橙 Choisya ternata									●		
榛木 Corylus avallana contorta						●					
金雀花 Cytisus scoparius (Genista)		●		●		●			●		
大麗花 Dahlia sp.									●		
千鳥草 Delphinium consolida		●					●	●			
胡頹子 Elaeagnus pungens						●					
美麗桉 Eucalyptus ficifolia					●	●					
中國龍膽 Gentiana sino-ornata							●				
千日紅 Gompherna globosa								●			
嚏根草 Helleborus sp.		●				●		●			
鳶尾 Iris foetidissima	●										
地膚 Kochia sp.											●
百合 Lilium sp.		●	●	●					●		
木蘭 Magnolia sp.		●	●								
十大功勞 Mahonia japonica						●					
銀雲杉 Picea pungens glauca											●
黃精 Polygomatum multiflorum								●			
鼠尾草 Salvia sp.		●					●				
帛花薰衣草 Santolina sp.			●								●
弗甲草 Sedum spectabile		●									
犭毛花 Verticordia nitens			●								
琉璃樹 Xanthorrhoea sp.						●					
山鼠麴草 Xeranthemum sp.								●	●		
百日菊 Zinnia elegans	●		●	●						●	

第五章

乾燥花的擺設原則

大自然是乾燥花花飾創作的最佳
指導原則，沒有刻板、嚴格的規定。
植物的外形不論是單獨欣賞或是
一大束，都能達到完美的平衡。
在創作花飾時，這些形態及組合的
原則就是你心中的重點。
在你選擇花材或花器，甚至於
花飾的外形之前，最好先思考
這盆花飾所要擺放的位置。
它必須佔多大的空間？
人們會從各個角度來欣賞它嗎？
它對襯的背景是什麼？
花器本身也十分重要，自然而簡單的
造形通常比較合宜，而它的形狀與材質
也會影響花飾的形態及花材的取用。
暖調明亮色系的乾燥花，
放在紅銅、黃銅、赤陶類的花器中
自有一番豪華的貴氣。
而冷冽的白色及淺色系乾燥花，與銀器
或石材類的花器則相得益彰。

互補效果的花器

這是一叢混合眾多藍紫色系的花飾，與喇叭狀
花器上呈螺旋狀迴轉而下的藍色及土耳其玉色
相互輝映。這盆華麗炫目的花飾，所用的花材包括：
漏盧、刺芹、星辰花和千鳥草。

風　格

每種花的花飾——無論是做成花環或放在花瓶——都包含許多設計的創意，而且成為某種風格。花飾的外形、色彩、質地，以及花器結合，而且花飾完成後放置的地點呈現出完整的「風貌」或風格。

不拘禮節的乾燥花

乾燥花本身即有自然、閒適的風格，不論你創作的風格有多麼正式，整個花飾仍不免帶有一絲非正式的閒適感。因為花材的自然風格會強烈地影響到花藝的創作風格。

強調乾燥花的休閒性質通常是不錯的創作

床頭邊桌的簡單花飾

這個典雅的三葉式瓷盤放滿了淺藍色飛燕草，以砂乾燥的粉紅色玫瑰和一朵隨性擺放在上層的天香百合。整個花飾非常適合浪漫氣氛的房間，並且為室內帶來夏日風情。

方向，最成功的乾燥花藝，是那些創造出夏天花園中悠閒、舒適風格的花飾。格調質樸的花器與花飾是最佳的搭配，因為它與花材本身的風貌十分相近。各種形態的籃子、木頭淺框或小木盒、赤陶及石材的花瓶、未經雕琢或複雜設計的陶瓷器，都與自然原味的乾燥花飾結下不解之緣。

細心規畫

雖然自然風味的花飾看起來不難製作，但它卻需要格外細心的規畫，以免成為匠氣十足的花飾。設計首要之務，它需要有力的線條：曲線必須夠誇張，直線則要經過特別的設計。這些線條是構成花飾的骨架：它們賦予花飾基本形態。無論是以花莖、葉片、種子結球或是花朵本身來架構，都必須先完成線條，再將外形補滿。如此一來，就可以不破壞花飾形態下輕易地完成創作。

營造你自己的風格

　　每個人都有自己的品味格調。當我們打開雜誌或書本，某些圖案、色彩、形態會很自然地吸引我們。創作乾燥花花飾時，我們就應跟著影像的直覺來發揮。

　　把吸引你的植物或顏色記錄下來，是個不錯的方法。當你造訪花園時，用心牢記你最欣賞的花草植物組合方式，以及樹木花叢的形態。然後，自行栽種這類植物來做乾燥花，如果你無法幸運的擁有自家的花園。用它們製作各種不同的花飾佈置居家——表現屬於你自己的風格。

房間的格調

　　即使是最前衛的室內設計風格，絕大多數的乾燥花飾都能搭配和諧。外形搶眼的西洋蓍草，柔弱、朦朧、蓬鬆的線形瞿麥，富麗堂皇的罌粟花的種子結球，以及蘆葦，在以鋼鐵、玻璃為設計主體的冷調現代感房間，或溫暖柔和的木質古老鄉間小屋，再適合也不過了。

　　然而，每個房間都有自己特殊的風格，可能產生某種形態的花飾。強調實用機能的廚房，是適合在天花板上懸掛乾燥花束的最佳地點，如此一來，它不但不佔空間，而且仍是美麗、吸引目光注意的花飾。

　　如果是客廳，則有較多的空間在桌上擺放花飾。一盆大型豪華的乾燥花，可以優雅地遮掩在夏季時空盪盪的爐架。而臥室的格調通常走柔和風格，因此，較溫和、可愛或沉靜的花飾也許更能與之和諧搭配。

合宜的室內設計（頁首及上圖）

鮮黃色的牆壁色彩(頁首)是這盆優雅花飾的靈感來源，它在夏季時擺放在壁爐前方。這盆花飾的花材包括了黃色的羽冠毛菊、含羞草、金色西洋蓍草、大型結球矢車菊。相反地，由竹子、繡球花所組成相當醒目的花飾（上圖），與現代感室內裝潢的大膽外形及色彩，產生互補的作用。

色 彩

有許多花材可以長期保存，成為五彩繽紛的調色盤供乾燥花的花藝創作者使用。所有的顏色都可以用在千變萬化的組合，以創造出各異情趣的不同效果。

色彩組合

開始製作乾燥花花飾時，試驗性地組合不同數量、不同色彩是一個不錯的方法，可以發現哪些顏色放在一起的效果最好。

一般而言，在光譜之中較相近的顏色組合在一起，可以創作出溫和，但不減其風朵的美麗組合。因此，紅色與橘色能完美搭配，同樣的，橘色與黃色、黃色與綠色、綠色與藍色、藍色與紫色都是不錯的組合。在光譜中隔著些許距離的色彩也可以有十分出色、醒目效果的組合。紅色與黃色的對比令人賞心悅目，橘色與綠色、黃色與藍色、綠色與紫色也是如此。

在本質上，差異越大的色彩造成的效果越令人驚豔。因此，紅色與綠色、紅色與藍色、橘色或黃色搭配上深藍或紫色，會形成非常吸引人的視覺效果。除此之外，以少量的單一彩搭配大量的對比色，能凸顯出主要的顏色。例如，綠色的花飾加上一小簇鮮紅色的陪襯，就更顯得更加翠綠。

色調的深與淺

輕淡優雅的顏色只需調淡原色及次原色，如果在繪畫時想創造出輕淡優雅的顏色，你會在原色或次原色上加一層白色或亮度高的色彩。淺粉紅、粉桃色、杏紅色、淡紫色、檸檬色、粉淺藍都屬於輕淡優雅的顏色。在原色或次原色上加一層黑色，或暗色調的色彩，就可以創造出較陰沉的顏色，例如棕色、鐵鏽色、灰色、海軍藍或深紫色。

輕淡優雅的色調在乾燥花中最討好。有許多粉色系的花朵，從亮粉到淺粉，都非常容易製成乾燥花（詳見第206-234頁的花與觀葉植物總覽表）。

選擇顏色

選擇在光譜中相近的顏色就不至於出錯。不過你也可以嘗試，創作更富有創意及趣味的花飾。不要害怕各種色彩的任意組合或是只採用單一顏色的大膽效果。最後，再思考你希望這盆花飾所帶來的視覺衝擊。例如，一盆大型中心花飾也許就十分需要引人注目的色彩運用。

綠與紅的運用

18世紀的法國彩色瓷盤，是這個深紅玫瑰花朵搭配綠葉花飾的靈感來源。額外的鮮紅色玫瑰似乎加強所有花材的色調。藍色的矢車菊花紋在盤子邊緣與之相呼應。

暖色調的融合（上圖）

在這個以夏季花朵為主的強烈組合中，以化學藥劑乾燥的粉紅色牡丹最具特色。並陪襯以紅玫瑰、優雅的繩子草花束、深色粉紅的洋蔥花和金合歡葉。

淡雅的和諧（下圖）

以色調相近的白色、乳白和銀色色系所組成的典雅花飾，包括制苞木、繡球花、蝦夷、貝殼花、滿天星及銀扇草。

花器的選擇

大部分的乾燥花飾需要搭配一個裝飾性的花器——籃子、花瓶、花盤、碟子或其他容器。花器的選擇相當重要，因爲在一個成功的花藝創作中，花材與花器融合爲一體，能製造出更完整的效果，比起個別的花材或花器有著無限大的創作空間。花器與花材間應該在大小、外形、色彩、材質上能和諧搭配。在外觀上完全自然、不做作，而且彼此間有某種意義的關聯。

花器選擇的範圍相當寬廣，不一定要昂貴或能盛水的容器。事實上，你家中可能多的是瓶瓶罐罐，只是你從來沒有想過它會是絕佳的乾燥花花器。

廣泛收集你所欣賞的容器是個非常好的方法，不論任何外形、大小，但是必須注意，瓶頸比瓶身略小的容器，會比較容易與花飾做搭配。

花器的裝飾性越小，可搭配的乾燥花種類更多樣，也減少與花器不合的機會。例如玻璃、金屬、赤陶等花器，比陶瓷類更不具有裝飾性，它們卻可以廣泛接受各種不同的乾燥花材。

花器材質的範圍

你應該可以在廚房找到一些玻璃容器——如平底玻璃杯、玻璃罐或玻璃碗。因爲乾燥花的花莖比起其他部分不吸引人注意，所以所有玻璃花器都需要塞入青苔、花瓣或葉片來做裝飾。

由於視覺的限制不大，素簡的長方形、正方形或是圓柱形清徹玻璃花器是創作花藝時，最容易使用的器皿。而彩色玻璃花器比較會限制花材顏色的選擇，你必須更具創意巧思來安排。

18世紀風味的木箱（左圖）

木箱空出的一角，展現以優雅畫紙所鋪成的內裡。地毯精巧細緻色彩組合，成為花材選擇的主要因素：燕麥、羊齒、麥稈菊、漏盧，以及千鳥草。隨性的擺設強調房間內自然、閒適的氣氛。

分隔式花飾的玻璃容器

平滑的玻璃圓柱花器呈現出不同材質的花材。壁壘分明的肉桂、乾燥粟子、扁豆、義大利麵、薰衣草、向日葵子、還有玉米，都以青苔壓入玻璃容器中，而松果、罌粟花，以及黑種草的結球，則以分隔方式擺放在頂層。

最困難的是精雕細琢的反射式玻璃容器，至於，精緻的瓷器和釉瓷，通常是搭配在正式的花飾。

木質的花器特別實用，因為木頭的材質與乾燥花有明顯地關聯性。可取材的花器形態不受任何侷限，你可以選擇有曲線的橄欖木沙拉碗，或鑲嵌木紋裝飾的箱子。長有苔蘚的粗糙木箱，可以用來模擬生長青苔的野外景觀，或者塞滿低矮、色彩明亮的蠟菊，它的花朵剛好可以從木箱邊緣露出。利用老舊上漆木頭的斑駁顏色，或來自印度、日本塗有亮漆的木頭上，珠寶般的色彩，可以創造出別出心裁的花飾。籃子也因為它接近自然的特質而深受大眾喜愛。你可以考慮利用紙屑簍、購物籃、老式手縫的手提籃、簡單的麵包籃或者是重量級的圓木籃——可以佈置成落地式花飾。

不妨試試看錫罐和鑄模、磨損的黃銅燉鍋或是鐵製烤鍋也可以列入考慮範圍。或者是另一種形態的選擇，也許是18世紀的銀壺、橢圓形的白鐵罐或是充滿藝術氣息的紅銅花瓶，也很引人注目。

尋找上有趣味釉彩的陶瓷花器，例如，有金屬光澤、斑點或晶瑩透明等特色。在花園中放一個最好表面長滿苔蘚的赤陶罐。赤陶的碟子可以轉換成為出色的乾燥花花園。廚房中類似的可用容器，還有烤盤、罐子、馬克杯、糖缽，或是因為裂縫而沒有使用過的茶壺。

花園同時也是石材花器最豐富的來源，例如石缸或石材花瓶。如果加上大量的乾燥花花飾，它們看起來就有很富麗堂皇的感覺，石材的自然顏色與任何花草組合都可以搭配合宜。

圓形花環

有許多類型的花飾並不需要放進容器，而是以某種框架製作而成。

圓形的花飾，例如花環，可以利用花店或一般商店購買得到的銅線做為框架，或是自己動手製作，以鐵絲網及青苔為結構的底座（詳見第183頁）。除此之外，你也可以拿木質藤蔓、鐵線蓮、金銀花或錫葉藤的花莖彎折成花環，甚至是小叢的枝葉，例如樺樹或柳樹製成花環（詳見第184頁），將它們交叉編織，並在尾端固定，如此一來，所完成的框架就非常堅固，可以讓你隨心所欲增添各式各樣的乾燥花。事實上，如果細心完成，花莖花環的底座本身就相當美麗。

稻草底座（下圖）
這個簡單的花環包括淺粉及乳白色的鱗托菊、矢車菊和滿天星。大方的粉紅色緞帶讓它看起來更為完整。

豐收的花環（下圖）
這個花環所的製造的效果(以對立的次序編織)，帶來秋天柔和的暖意。

木質藤蔓底座（右圖）
乾草叢加上了紅玫瑰、矢車菊、西洋蓍草以及山鼠麴草，以棕櫚葉的纖維細綁在一起。

藤莖花環（右圖）
以藤莖交錯編織為底座的另類花環，裝點以玫瑰葉、松果和青苔。以乾草編織而成的鳥巢，加上蛋和守衛的青鳥，舒適地攀附在藤莖之上。

小型花環的做法

. 準備好處理過的乾燥青苔底座
（詳見第183頁）。將一束束的蛇麻
子、小麥稈菊、燕麥、以及單朵的
香玫瑰，分別以鐵絲固定綑綁。再
入古塔波膠帶遮住綑綁的鐵絲。

2. 將小麥稈菊插入底座之中，讓花
朵成為花環設計的背景。把每枝鐵
絲都穿透青苔後，再折回到底座的
下方。

3. 選出花環的懸掛點，然後將花材
填滿青苔的表面。在一叢叢尖頂外
形的燕麥及蛇麻子當中，點綴玫瑰
和更多的小麥稈菊。

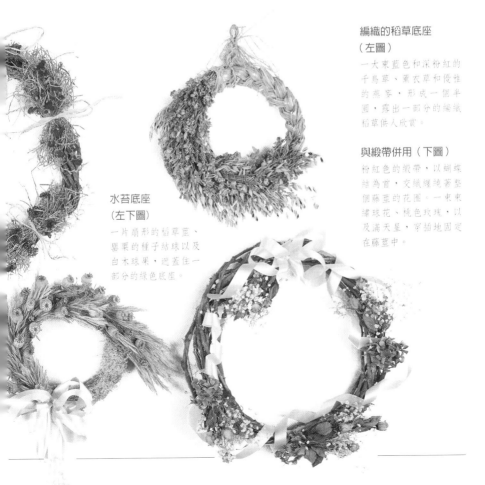

編織的稻草底座
（左圖）

一大束藍色和深粉紅的
千鳥草、薰衣草和優惟
的燕麥，形成一個半
圓，露出一部分的編織
稻草供人欣賞。

與緞帶併用（下圖）

粉紅色的緞帶，以蝴蝶
結為首，交織纏繞著整
個藤蔓的花圈。一束束
繡球花、桃色玫瑰，以
及滿天星，穿插地固定
在藤蔓中。

水苔底座
（左下圖）

一片扇形的稻草莖、
嬰粟的種子結球以及
白木球果，遮蓋住一
部分的綠色底座。

懸吊式花飾

以乾燥花繩懸掛花束和花環，布置在房間或樓梯的天井可以使房子煥然一新。尤其適合做為特殊節日的裝飾。在編織的繩索上，點綴以綑綁後的花束及緞帶，無論放在壁爐或天花板的橫樑上，都顯得別具特色。當你將大量的花束綑綁在一起做成圓球，並懸掛在天花板上時，這種強烈又壯觀的組合成為十分搶眼的重點花飾。以鐵絲及乾草為底座的串連式花圈相當結實，適合懸掛在牆上。還有許多以鐵絲圈製成、優雅出色的花環，可以懸掛在門口及畫作上，用來裝飾欄杆也很討人喜歡。

懸吊式球形花飾的做法

1. 要製作出色的球形花飾，如對頁圖片所呈現的，你得需要堅固的鐵絲、直徑3.5公分的窗簾吊環、剪刀、紅色瓶刷花、粉紅色蠟菊、粉紅及黃色玫瑰、綠色紅莧菜、兩種不同的柴胡、幾束蘇聯補血草和正午白木（*leucodendron meridianum*）。我們大膽的將這些花材組合成花束，因此有許多部分只呈現出一種顏色。如同製作所有花飾的程序，在開始之前將所有材料準備就緒。

懸吊球形花飾

一大把燦爛耀眼的花束，以大量的花材，以及觀葉植物形成球狀花飾，可以讓樓梯的天井或房間的一角變得煥然一新。為了達到最搶眼的效果，應選擇在材質及色彩上有強烈對比和變化性的花材，並將它們隨性的組合在一起。

2. 將窗簾吊環掛在能配合花飾製作的高度，把各種花草分別綑綁成一束束的花材，尾端留著長鐵絲以利於固定。依序將花束綁在吊環上，讓花莖與吊環之間保留一點距離。

3. 繼續加上更多的花束，隨時記著必須讓每一束花都可以在整體花飾呈現出來。星辰花是當中的主角，而外形尖銳的瓶刷花和紅莧菜，則是增加曲線變化的主要因素。

完整的球形花飾

製作這個壯觀的球狀花飾，
完成前的最後動作，即是將
小花束分別稍做調整。然後
將它懸掛在最理想的位置
上，使最頂端的窗簾吊環不
至於被發現。

懸掛花束

　　無論是正在乾燥或已完成的乾燥花製品，以花束的形式懸掛在牆上、橫樑上、或櫥櫃門邊都能有令人讚嘆的表現。當你製作混合多種乾燥花的花束懸掛在牆上時，要謹慎考慮花束的大小及色彩的運用，就像你在創作一幅畫一般。確定它能配合所在位置，與週遭環境融為一體。雖然懸掛單一的花束看起來較有特色，組合在一起的效果也不錯。

組合花束

1. 組成這把朝氣蓬勃的花束，其材料包括乳白的蠟菊、羽毛草、白色的千鳥草、義大利麥稈菊、藺草、蒔蘿、以及綠色的繡球花。不要忘記，花束完成後，我們會從底下抬頭來觀賞，因此在製作時要從正面端詳清楚。將長莖的花材以隨性的擺放方式，組合成主要的中心花束。在花朵下方處，用繩子將它們綁緊。你可以在所有花材綁好後，利用緞帶來遮掩繩索。

2. 準備第二層較緊密的花束，襯托之前中心花束，並將它們綁在一起。但第二層的花朵位置要稍微低一點。

3. 將繡球花綁在花束的底層，然後再以蝴蝶結掩飾繩索的部分就大功告成了。

材質豐富的花束

不同質感的花材，是這把懸掛式花束特味的地方。包括有：白色的綠狀屬麥叢、小錢的杏桃紅玫瑰、土耳其補血草的博狀花。少量的綠色紅莧葉及卡斯比亞（*Limonium caspia*）的花莖，在粉紅色繡球花的搭觀下達成平衡。

朝氣蓬勃的花束

這是前一頁所示範的花束，完成後的樣子——在任何房間內都帶來溫馨及歡迎的意味。檸檬色光滑的緞帶，與花束相互呼應並增加完整性。

花飾用繩索

花飾用繩索可長可短。例如，短的是新娘花環，很優雅的只有幾吋長，長的如裝飾壁爐、桌子、走廊或是門口的花環，亦或旋繞著欄杆、欄杆支柱使用。小花圈經常以纖細的鐵絲為底(詳見第185頁)，但是較長形的花環則多使用堅固的鐵網及青苔為底座(詳見第183頁)。 圖片中所呈現的兩種花飾繩子，都將近1.8公尺長，特大號的尺寸使它成為非常搶眼的裝飾品。 由於它們比起鐵網式底座的花飾更能彈性使用，特別適合運用在夏季婚宴的帳篷中，纏繞著支柱迴旋而下，或者垂掛在壁爐的兩旁。

馬尾繩裝飾

1. 製作一條非常粗的亞麻馬尾繩(詳見第185頁)，長度視你所需要而定。尾端以一圈亞麻繩綁緊固定，並修剪整齊。將藍色的繡球花及鮮黃色的義大利麥稈菊綁成一把小花束 (詳見第190頁)。將花束擺在馬尾繩的頂端，並把底部的鐵絲插進厚實的馬尾繩，再彎折回來固定。然後製作更多的小花束，稍後可固定到馬尾繩上。

2. 準備羽毛形的藍色絲狀緞帶。將緞帶對折，然後綁緊，從尾端將緞帶對稱撕開成兩次。把羽毛狀緞帶的鐵絲插進馬尾繩，靠花束的上方處，然後再將鐵絲反折回來固定。使用刀背刮過每條緞帶使它捲曲，增加羽毛狀的效果 (詳見對頁完成後的馬尾繩花飾)。

花朵滿佈的花繩做法

1. 取一些紅玫瑰、粉紅色的千鳥草、柔細的竹子葉以及有光澤的青籬竹，然後製作一把型式較鬆散的花束以配合竹葉的自然外觀。在花束花莖的頂端綁上一圈圈鐵絲圈。多繞幾圈鐵絲遮住打結處，但暫時先不剪斷鐵絲。

2. 緊握住花束的花莖，以鐵絲一路往下纏繞，在最後一圈時，將它拉緊以固定完成。

3. 製作第二把花束，放在比第一把花束較低的位置，使花朵有部分重疊。將兩把花束綁在一起並牢牢地拉緊(詳見右邊的完成圖)。

馬尾繩

花材與緞帶組合成一個個單位，穿插整個馬尾繩。垂掛的緞帶加在馬尾繩底部，並將亞麻繩的蝴蝶結加在最頂端，以掩飾打結固定處。

佈滿花朵的花繩

完成後的花繩，長度可依你的喜愛而增減，取決於你綁入多少花束，以及你決定將它懸掛在何處。這個花繩悠閒隨性的特質，使它成為裝點鄉村式室內的最好的裝飾品。

垂形花飾

　　乾燥花的垂形花飾或花綵，是以裝飾後的花飾用繩索從一點垂掛到另一點。一連串的花環大多稱為垂綵。它通常是為了特殊節日而準備，例如節慶季節中的派對、婚禮或是基督教的節日。長桌覆以明亮的白色亞麻布，加上大量的美食上桌，如果再搭配陪襯的花環在桌緣形成柔和的曲線，就更加完美

無缺了。而門廊、壁龕、櫥櫃、欄杆架、壁爐，以及天花板的橫樑，若加上這些各式各樣的花綵裝飾，就會變得煥然一新了。

　　製作長的垂形花飾必然要花上許多時間。然而，使用乾燥花最大的好處之一就是它非常耐久，可以在事前準備好，不必在賓客來訪前的最後一秒還手忙腳亂。一般來說，即使到最後一位賓客離開後，這些垂形花飾仍可以維持美麗的外觀。

以鐵絲捲製作垂形花飾

1. 製作垂形花飾的方式之一，就是將許多花束綁在鐵絲上。這個垂形花飾的花材包括繡球花、玫瑰、燕麥和滿天星。首先，準備所需垂形花飾長度的鐵絲，打一個圓形結。但是後面仍然保留著鐵絲，以便你將花束綁上去。將繡球花以及一小簇的滿天星綁在一起，再加上燕麥成為一個小花束，但燕麥的位置要稍微高一些。然後修剪其他過長的花莖。

2. 將花束直接放在鐵絲的圓形結上方，這樣花材就完全遮住它了。圓形結在垂形垂形花飾完成後，會用來固定其中的一端。

3. 握緊小花束的花莖，然後以另外一手將花束的花莖以另一端的鐵絲拉好綁緊，在最後一圈將它牢牢地拉緊。

4. 製作第二把花束，握緊並讓它與第一束的花莖處重疊，再同樣地以尾端的鐵絲圈綁緊。一直持續這個動作直到垂形花飾完成。

完成後的垂形花飾(下圖)

這個纖絲圈的垂形花飾(上方)因其柔和輕淡的色彩而顯得優雅靈巧;但它其實出人意外的堅固。相反地,串連式的垂形花飾(下方)有著鄉野樸實的風味;有必要時可以修剪乾草,以維持每個花環的外形。在雜亂的垂形花飾尾端加上緞帶修飾。

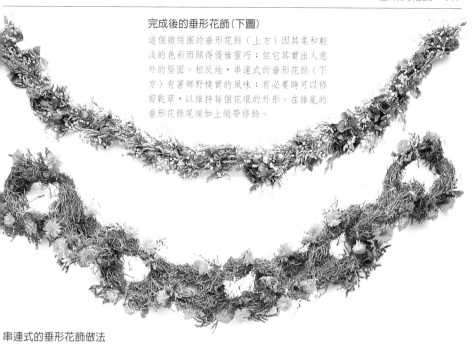

串連式的垂形花飾做法

1. 每個串連的花環,都截取大尺寸鐵絲網中的一段,再加上乾草、亞麻繩結、以及一些花材——蘇聯補血草、蠟菊、星辰花。將鐵絲網的一端捲起成筒狀。

2. 在鐵絲網內塞滿乾草,用亞麻繩以7.5公分的間距綁緊固定。

3. 將飽滿的鐵絲網折成橢圓形,把鐵網的一端穿進筒狀的圓圈內,扭轉鐵絲網以固定接合處,並以亞麻繩掩飾,最後再將尾端修剪整齊。

4. 以花朵裝飾這個花環,將花莖插入亞麻繩結處。再製作更多未接合的花環,將每個橢圓形花環以之前的方式連接在一起,形成一個串連的花環。

以乾燥花裝飾你的天花板

將採收的花朵懸掛起來乾燥所形成的美麗景象，是乾燥花束成為用來裝飾天花板的巧思來源。如果你希望佈置的房間或是走廊天花板有不錯的乾燥環境（詳見第198頁），你也許真的可以使用剛採收的花束，除了乾燥之外，也成為持久性的裝飾花飾。然而，為了達到乾燥的目的，剛採收的花束必須各別分散以利空氣的流通。如此一來，就像下圖，因為在乾燥時，將它們綁緊成一把一把的花束，不會因而糾結成一團。你所使用的天花板必須要夠高，足以讓乾燥花高高的懸在頭頂之上。如果天花板太矮，你可以考慮將花束的位置移到牆角的某個傢俱之上方，例如，桌子或邊桌。如果你想要裝飾整片天花板時，可以利用花園的鐵絲藉由穿在兩個螺絲勾環之間，以支撐大量的花束的地方——鐵絲在花飾完成時一定要加以掩飾。如果懸掛的地方不可避免地會顯露出來，可以考慮使用竹子、銅柱、鐵管甚至是鐵鍊來懸吊花束。

裝飾整片天花板

將螺絲勾環在距離天花板15公分處，固定在牆的兩面。每對勾環保持25公分的間距，然後把塑膠外皮的花園鐵絲穿過每對勾環，拉緊固定。將花束在花莖底部以上5公分處綁緊，細綁用的鐵絲會在懸掛時被遮掩住。混合大量的色彩組合，通常會有不錯的效果，但是最棒的景象還是將質地、外形、色彩各異的花束組合在一起。

創作大型的牆面花飾

在牆面上懸掛擺設幾組花束或是花環，為懸掛乾燥花帶來另一種特殊的空間境界。如果有足夠大的空間，你還可以建造一片富麗堂皇的牆面懸吊飾品。下圖所展示的花飾，具有懸掛整片天花板花飾的重疊性和大量等特質，只不過是將它從平面化為二度空間來呈現。它具有如同是珍貴地毯或織錦畫般的視覺享受，而且也為室內帶來一絲絲自然的氣息。

在白色的牆面上，色彩及質地有著豐富變化的乾燥花可以很完美地呈現。如果你計畫在有色彩的牆壁上創作牆面花飾，要細心選擇花材的顏色，它們不僅要能彼此搭配，也必須與背景色彩契合。

製作牆壁的支架

將勾環以間隔1.5公尺的距離固定在牆上，以組成花牆的頂端。在兩端懸掛長條纖鍊，讓你可以將1.8公尺的竹子穿過其吊環，成為懸掛用的欄杆。將花束綁在牆上的欄杆之前，你要先在地面上把花束製作完成。切記要用花束將纖鍊掩飾起來。

第六章
創意花藝

乾燥花或保存性的花飾，不是只能插在
花器裡。本章節的所有巧思，
創造了更多享受花藝之美的方式，
而不只是欣賞它的外觀而已。
例如，製作玻璃瓶花飾或裝有花瓣的
薰香瓶，香味在這時就顯得更重要了。
清爽的亞麻布經西洋杉及檀木製作的
薰香瓶薰染後，散發出來的淡淡幽香，
叫人怎麼聞也不覺得乏味。
一般而言，這裡所提到的花藝巧思
都能做成精美的禮物，
贈送給朋友或摯愛的人。
加上一些想像力及事前的規畫，
就能創作出帶有回憶的紀念品。
一小束壓花，加以裱框或貼在牆上，
便能讓你重回你們所深愛的花園，
重溫某段愉快的回憶，或者是你們共同
渡過的一個快樂夏日假期。
乾燥花所製作的樹
可以是代表幻想的具體呈現。

乾燥花禮品

乾燥花不只能製作成特別的禮物，
也可以拿來裝飾及薰香其他的禮物。
不妨試著製作亞麻布的香囊、薰香瓶或薰草枕頭、
芳香的裝飾蠟燭，或以壓花裝飾的薰香瓶或薰香罐。
也可以運用壓花來裝飾祝福的卡片。

花束

花束不但是花飾中最簡單的形式之一，它們也可以做有完美的呈現。不像一般傳統的扇形平背式花束，四面花花束從每個角度都欣賞得到，不過，一般是由上往下觀看。它們也可以創作成較正式的形式，也可以是很輕鬆的格調。

在選擇製作花束的花材時，組合各種色彩，以及材質的花朵是個好點子，這樣既可以維持花朵原來的樣貌，也可以拆散使用於其他的花飾之中。使用乾燥花材時，應該可以將花莖綁在一起。以外觀尖形的花材來陪襯圓球形的花束，既搶眼又吸引人注意。在你的心中最好對花束大小有約略的概念：成功的花束都是嬌小、優雅的。花朵本身也不可以太大，如果還要加上觀葉植物，也必須是小巧。

花束的做法

1. 準備一些白色千鳥草、淡紫色小繡球花、風鈴草的種子結球、銀鱗草及粉紅色星辰花。先用鐵絲圈將兩支花莖綁起來，再依序加入其他的花材，形成四面花的曲線。綁的時候讓花朵的高度有高有低，以達到隨性閒適的效果。

2. 接下來加上第二層較低的花材，花莖要遮住鐵絲細綁處，這樣就快完成了。

3. 在修剪之前，先確定花材的位置都已擺好，然後以鐵絲綁緊（詳見右頁完成後的圖案）。

拖尾式蝴蝶結的做法

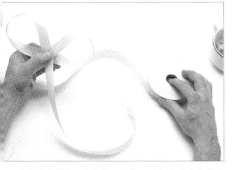

1. 在尾端先預留一段緞帶，然後，以拇指及食指按住緞帶作一個8字形。再放出一圈緞帶，做第二個8字形疊在第一個8字上面。

2. 在另一端留著相同長度的緞帶，然後剪斷。然後在拇指與食指按住的中心點做成圈，以鐵絲綁住蝴蝶結的內側。

3. 用另一條緞帶綁住花束的花莖，蓋住任何看得到的鐵絲，然後再將緞帶綁緊。將蝴蝶結放在綁好的花莖上，與綑綁用的緞帶兩端結合。

4. 以細綁用的緞帶兩端將蝴蝶結綁在一起，讓拖尾式的蝴蝶結可以牢牢地固定住。檢查每個緞帶尾端，並剪成相同的角度，然後將完成後的蝴蝶結調整至適當的形狀。

輕鬆寫意的花束

這是接前一頁所介紹的步驟依序組成的花束。最後加上可愛的粉桃色蝴蝶結，既能裝飾花束，又能掩飾細綁的鐵絲。

乾燥花樹

以乾燥花製成的迷你型「樹木」，看起來很有層次感，而且可以做為是壯觀獨立的落地擺飾，也是可以放在矮桌上當做小型盆景。

首先要決定樹的高度，在心裡想想它週圍有哪些東西。除非你本來想要創造人工的幾何形狀，否則，就讓大自然來決定樹木的形式。你可以用橡樹、圓椎形樹體、針葉樹或枝葉外放的木蘭為樹體基座。一旦決定了樹的外形及尺寸，接著得決定使用的花器。花器的選擇十分重要，為了達到最完美的效果，應該選擇夠大的花器，讓人覺得樹木是從中生長出來的。

蓬頭式盆栽與矮樹叢

深紅色的蠍菊及紫色的雞冠花，使右頁圖中這棵蓬頭式盆栽顯得特別搶眼。而菱形泡沫膠插滿了金黃色的樺樹枝，構成左邊這盆矮樹叢。

裝飾圓錐形樹

1. 製作這盆迷你樹樹體的基座，詳細方式可參閱第187頁。乾燥的青苔經過處理後，覆蓋在乾燥的海綿底座上。將乾燥花的花莖插入青苔固定於海綿中，首先以羽衣草為背景，接著加上紅玫瑰和鐵絲做為花莖的雞冠花，最後才插細小的枝葉。
2. 將中心的支柱嵌入花器當中，然後在樹幹的底部鋪上乾燥的圓形青苔即可。

壓花藝術

許多花草及葉片在壓製後，原本的色澤及優美的形態仍能保留下來。像水仙花、綿棗兒、報春花及雪水仙看起來還是很吸引人，類似雛菊外形的花材和短莖的攀根草、勿忘我、滿天星以及檜扇水仙也是。新鮮的花材通常不適合用來做壓花，而多瓣的花朵如玫瑰和牡丹，因其飽滿的花苞及重疊式的花瓣在壓製後很容易變醜也不適合。然而，鬱金香式的重疊花瓣卻可以形成賞心悅目的花樣，創造出完美的效果。

你可以很輕鬆地自行製作壓花，或者購買已壓製好的成品。小型花材可以放在厚重的書籍中壓製，大型的花材則可以壓在小桌毯或地毯下，最好不要放在走道的地毯下，以免破壞了花材。一定要將花材夾在吸水紙當中，這樣除了壓製外也有乾燥的效果。

自行製作壓花最簡單的方法，就是裁兩塊大約30公分長、20公分寬的長方形三合板。

在每塊三合板的四個角落鑽孔，在其中一塊的四個孔位中插入螺釘；把花材放入三合板當中，旋緊翼狀螺帽使兩片木板夾緊即可。

呈現壓花藝術最動人的方式，就是將它們裝框裱起來。將壓花放在高品質的硬紙卡上——最好是非純白或乳白。確定花材的位置後，在花材背面中央點一點兒乳膠狀黏膠或透明的塑膠貼布固定。因此固定好的花材不易移動，所以在一開始要確定花材的位置無誤。選擇簡單大方的框架，使它不致於混淆了花材細緻的美感。

排列壓花花材

將所有花材的葉柄朝同一方向擺放，這種簡單的排列方式，會呈現出優雅的形式。而多樣化的顏色及質地，則為它帶來趣味。

壓花排列的樣品

一圈玫瑰葉圍繞在紫羅蘭、蕾絲狀外緣的繡球花、茴香及白頭翁的四周。以玫瑰及羊齒的葉片做花邊的效果特別好，銀葉菊的銀葉及常春藤垂吊形的小葉片效果不錯。要小心避免將花材排放得太靠近紙卡邊緣，否則線條會受框架干擾——留寬邊是最安全。這幅畫的靈感來自一個樣品，但這類植物的繪畫也可能激發你的設計靈感。設計壓花圖案沒有任何硬性規定，你只要順著植物生長方式設計，並與所使用的花草相呼應即可。

壓花的做法

立體花蕊的壓花的做法

準備一塊厚紙板鋪上一張對摺的吸墨紙做為壓花底板。然後將花材放進兩面對摺的吸墨紙中，再以另一塊厚紙板蓋住。繼續這個動作直到壓花完成為止。夾層中的厚紙板相當重要，因為它們可以防止花材在每層當中滑動。

1. 準備一塊厚紙板，並鋪上一張對摺的吸墨紙做為壓花的底板。將花材放進對摺吸墨紙靠近底板的位置，然後在上層的吸墨紙剪出完全符合花蕊大小的孔洞。將吸墨紙合上，蓋住花瓣。花朵的花蕊就會從紙孔當中凸出來。

2. 剪裁一小片海綿，厚度如花蕊的高，剪出符合花蕊位置大小的孔，然後將海綿放在吸墨紙上。這時，花蕊的高度與海綿的厚度要相同。小心地將厚紙板放在海綿上，然後繼續加上一層層的紙板及花材。

薰香瓶

玫瑰花瓣、薰衣草、含羞草、石竹花、百合、茉莉花、紫羅蘭、金銀花在乾燥之後，仍能長期保有香味。當你將這些散發香味的花朵混合在一起，會飄散出一股優雅的香氣，再加上香草、香料、種子、樹皮、精油就能散發濃郁的香味，再添加定色劑，就成為薰香瓶了。

製作薰香瓶的方法有乾、濕兩種方式。無論你選擇的是哪一種方式，花材都應該在花苞綻放時採收，最好是在天氣晴朗、露水蒸發後，當場採收。

濕潤法 將花材放在吸水紙上面，稍微乾燥些。兩天後，當花瓣開始收縮，就將所有花材與一層層鹽巴間隔著放進罐子內。每天攪拌一下，持續約兩個星期，直到花材變成為易碎的質地。將定色劑如鳶尾根或東加豆，以及香料、重要的精油加入罐中並密封起來。放置六個星期後就完成了。

乾燥法 將花材完全乾燥之後（可能要花上10天或更久，看花材的密度而定），與定色劑、香料、精油混合在一起，放進罐子裡等待它發酵。罐子必須密封並且每天搖晃，大約6個星期之後就可以使用了。

將薰香瓶的花材倒進小碗，放在屋子裡的各個角落。若想要有更好的裝飾功能，製作時可以加入一些大型、色彩鮮艷的乾燥花花瓣。薰香瓶可以保持空氣清香好幾個月，這些香味加上精油的輔助，可以使人神清氣爽。

鄉村花園的組和

薰衣草的組和

香料的組和

春季花朵的組和

材料配置

春季花朵的組和（乾燥法）
檸檬香的糙牛兒苗葉、香馬鞭草、含羞草花、桃金孃葉，各1杯
2顆磨碎的檸檬皮
1/4杯鳶尾根粉
香茅及香葉天竺葵的精油，各4滴

鄉村花園的組和（濕潤法）
5杯有香味的粉紅玫瑰花瓣
金盞花及牡丹花的花瓣，各2杯
佛手柑花、金銀花、有香味的石竹花，各1杯
4杯天然粗鹽
1/2杯牙買加甜椒
1/3杯鳶尾根粉
玫瑰精油、香葉天竺葵精油、佛手柑精油，各6滴

薰衣草的組合（乾燥法）
3杯薰衣草

2杯淺粉色的玫瑰葉片
檸檬香葉、松紅梅葉、香車葉草，各1杯
2顆磨碎的檸檬皮
1/4杯鳶尾根粉
4滴薰衣草精油

香料的組合（濕潤法）
杜松子莓、賓州楊梅、桃金孃球果、檀香木毬果、玉珊瑚棘、薔薇子、佛手柑花、玫瑰花瓣，各1杯
肉桂、丁香，各2湯匙
1杯天然粗鹽
薑片、搗碎的牙買加甜椒、大茴香籽、紅色地衣、到手香，各1/2杯
磨碎的柳橙及宜母子皮3個

花園香氣的組合（濕潤法）
淺粉色玫瑰花瓣、宜母子花、白色紫丁香，各2杯

山梅花、草玉鈴、防臭木葉、歐洲野菊、奧氏石竹、桃金孃葉、香葉天竺葵葉，各1杯
4杯天然粗鹽
6滴馬鞭草精油
4滴草玉鈴精油
30公克（1盎斯）的安息香

玫瑰的組合（乾燥法）
8杯乾燥的紅玫瑰花瓣
1湯匙匍匋丁香
牙買加甜椒、肉桂、鳶尾，各2湯匙
4滴玫瑰精油

木材香味的組合（乾燥法）
4杯香柏樹枝
2杯香柏樹皮屑
1杯檀香木屑
2湯匙鳶尾根粉
香柏木精油、檀香木精油，各4滴

花園香氣的組合

玫瑰的組合

木材香味的組合

結晶花糖

結晶花糖的做法容易，看起來美觀、吃起來可口。幾乎每種花卉都可做，最適合的花材有紫羅蘭、報春花和香郁的玫瑰花瓣，柑橘類的花卉則是必備的材料之一。由於香郁的花材在做成爲結晶花糖後仍保有原來的香氣，所以特別好吃。櫻桃、蘋果、梨子的花瓣嚐起來都很香，金合歡及接骨木的花也是一樣。

結晶糖葉在處理過後看來非常吸引人，尤其是用在蛋糕上的邊飾。香濃的功克力蛋糕加上薄荷糖霜，若再搭配結晶薄荷糖葉作裝飾，味道及香味都更加甜美。檸檬香的葉片及芳香的牻牛兒苗也非常適合這種用法。當歸（*Angelica archangelica*）的葉莖片製作成結晶糖葉也非常可口。

當然，確知選用的花材沒有毒性是相當重

要的。除此之外，在選擇花材時，也必須考量大小是否與裝飾的餐盤搭配。有個常見的錯誤，就是使用過大的花卉和葉片。

阿拉伯樹膠或蛋白

結晶花糖的做法有二種：其一是利用阿拉伯樹膠來處理花材，其二則是運用蛋白。以阿拉伯樹膠所製作的結晶花糖較能持久，你所買到用紫羅蘭或玫瑰花瓣裝飾的巧克力，就是用這種方法製成的。

如果你希望將花材保存好幾個月，就應該用阿拉伯樹膠。在鍋子或碗裡放進12公克的阿拉伯樹膠與1/4杯的冷水，然後放入一盆沸騰的熱水中，攪拌到完全溶解，再移開冷卻。在等待冷卻的這段時間，拿1/4杯的水及100克的糖，加熱至80度製成糖漿，然後再將它冷卻。

將處理好的阿拉伯樹膠，以畫筆塗在葉片或花瓣的兩面，接著再塗上糖漿。最後，以湯匙盛著調味用砂糖撒滿花材表面，確保它完全被覆蓋。在放到吸油紙上晾乾。

和上述方法相較，以蛋白製作結晶花糖看起來更加美麗，只可惜無法長期保存，必須在4-5天內食用。不過，蛋糕或糕餅也不能久放，所以這也不構成問題。以蛋白製作結晶花糖的方法，請參照右邊的圖解步驟。

用蛋白製作結晶花糖

1. 將蛋白打至起泡甚至有點黏稠。用畫筆輕輕地將打過的蛋白塗滿花瓣，確定花上下兩面都要有一層薄而平均的蛋白液。重點是不要讓花瓣濕透。

2. 將調味的砂糖小心地撒滿整個花朵，表面要十分均勻。將多餘的砂糖抖掉，如此花朵在糖晶下依然清晰可見。將花朵放在鋪有吸油紙的蛋糕架上，放在溫暖的地方，蛋白會在幾個小時內變乾。

芳香滋味的花（左圖）

這個看起來十分清爽的糖霜海綿蛋糕以蜜餞花及蜜餞葉做為裝飾，它們是以蛋白所製作的。香味甜美的紫羅蘭、小型藍色的琉璃苣花及中心黃色的阿爾卑斯櫻草都是又漂亮、又可食用的花材，心形的紫羅蘭葉帶來單純的美。

山茶花製成的結晶花糖

第七章
特殊節日的乾燥花

沒有特殊節慶日的生活是無趣的。
各個季節的節慶──聖誕節、
復活節、收獲節或感恩節──構成
這一年當中的 主要架構,在其中還有
生日、婚禮、基督教的各種節日,
這都讓我們有機會慶祝,
人生的目的莫過於此。
而有節慶的地方,就應該有花卉。
如果你只運用乾燥花來裝扮這些節日,
有一個絕對的優勢是鮮花所不能及的:
你可以在事前有完善的準備。
要是在慶典前,你還有一大堆事情要
打理,這點優勢是極富價值的。
本章節所介紹的花藝都可以運用在
自己設計的特別慶祝會上,
讓他們成為你個人設計風格的跳板。

生日花籃
以薰香瓶薰香的木質花籃(詳見第158-159頁),
裝滿了紅玫瑰、罌粟花、粉紅色千鳥草、
中國燈籠花、紅花、羽衣草,
創造出十分華麗的風貌。以玻璃紙包裝,
加上紅色及粉紅的緞面絲帶,
是這個寒冬時節最好的禮物。

情人節

世界上第一張情人節卡片大約在16世紀從英國郵政系統寄出，當時精緻的蕾絲卡片內容都是詩詞。你可以自己製作一張簡單的情人節卡片，在一張空白卡片上寫下一段詩句，邊緣貼上壓花，例如，紫羅蘭或者報春花等等。

紅玫瑰長久以來一直都被視為真愛的象徵，現在更是與情人節畫上了等號。當然，這是近年來才形成的潮流，因為玫瑰不會在這個寒冷的時節裡開花的。直到最近，我們才能夠以較昂貴的價格在花季以外的時節買到玫瑰。

然而，玫瑰非常適合乾燥存放，而且如果乾燥的手法正確，紅玫瑰豔麗的色彩可以維持幾個月不變。在禮盒外面綁上一朵乾燥的紅玫瑰，能帶來嗅覺的感官享受。此外，以紅玫瑰製造乾燥花花飾，如下圖的心型造形，就成為一份愛的禮物。

以紅玫瑰做一顆心

1. 製作一個直徑205公分、長度115公分塞滿青苔的鐵絲網管的大基座，再準備兩條較細的鐵絲網管，一個長38公分、一個長10公分（詳見第183頁）。將最大的鐵絲網管彎折成心形，以青苔鐵絲將兩端在頂點處連接在一起。再用同樣的鐵絲，將噴上銀漆的石楠叢綁滿整個心形基座，每段都要與前面重疊，以覆蓋住整個基座。

2. 握住38公分長的鐵絲網管，將10公分長的網管垂直放在它的頂端，以青苔鐵絲將兩者綁成「T」字形。將較短的網管彎折成箭頭狀。

3. 噴上銀漆的薑分成許多小莢。將最短的薑以鐵絲綁在箭柄的頂端，然後再繼續往下細綁至2/3處。拿其他兩莢以亞麻繩綁在箭頭上。

情人的心

用紅玫瑰製作的心，是最具有情人節風格的情人節禮物。將噴上銀漆的石楠叢覆滿整個心形，再配上用薑紮成的箭。這個作品用了80朵紅玫瑰。

4. 將箭柄以斜角，從後面穿過心形底座，箭頭要凸出約5至7.5公分。在箭頭及箭柄尾部，與心形基座綁在一起。然後在箭柄上面綁一個銀色蝴蝶結，遮蓋住最後鐵絲的細綁地方。

5. 用玫瑰裝飾整個心形，將玫瑰的莖剪成3.5公分長、呈剃刀般的銳利角角度。將花朵平均分佈於心形之上，仔細檢查是否每朵花都固定在其位置上，然後修剪掉多餘的花莖。

婚　禮

這天，是許多人一生中最重要的日子，它與花卉的關係也密不可分。雖然新鮮的捧花看來非常美麗，可惜很快就枯萎凋零。相反地，乾燥花能保存多年當做紀念品。乾燥花的另一個優點，就是所有的花飾都可以在充裕的時間內製作，必要時，可以在婚禮的數星期前就動工。

確定色彩和色系對創作花飾是很重要的。這不表示所有花飾都要運用相同的花材，只是色調與材質必須相互配合。雖然純白的婚禮非常美麗，但現在更流行白色、米白或其他粉色系的花材混合使用，甚至運用多色彩的組合。

新娘的捧花可以有各式各樣的設計風格。重點在於花束能夠很容易握住，大小看來夠份量卻不致於過份累贅。現代捧花的長度很少超過45公分，外形像是淚滴狀，樣式從中規中矩到具有自然狂放的各具特色。有些新娘喜歡小型花束，當然也有置於手臂的環抱型捧花。對伴娘而言，小巧、可愛花束是最理想的選擇了。

沒有什麼比花團錦簇的花圈和花環更能加添婚禮的氣氛了。用來裝飾自助餐桌或婚宴帳篷的支架，其令人讚嘆的效果絕對值得你花一些心思準備。花飾也可以用來裝飾帳篷柱基和宴會桌面。

迎賓的柱基花飾

這個色彩柔和的花飾組合(有許多接枝，方法詳見第189頁)，包括有：鱗托菊、袋足花、線狀羅麥、野竹葉、柔毛草石蠶、細草、以及山龍眼葉。仿製的石甕內包含一個竹籃，放有高於甕口20公分高的泡綿。

樹枝狀捧花的做法

1. 將每枝花莖以鐵絲綁好並以膠帶遮蓋住備用。平背式的小枝葉，作成比捧花一半稍長的長度，將每個花材依序綁進捧花中。以古塔波膠帶遮蓋住鐵絲。

2. 繼續將花材依序綁進花束之中，將其外觀做成扇形排放，直到你認為拖曳的尾端長度夠長了。再將花莖彎折，做為新娘可以拿住的花束握柄。

3. 綁入更多的花材，在其拖曳的尾端上方構成花束的形狀。用鐵絲綁好的花莖，使花飾組合起來更為容易。用鐵絲綁好固定，並將捧花的手把修剪至17.5公分。

4. 做一個垂掛式的蝴蝶結做法（詳見第153頁），再用相同的緞帶迴旋往下綁住手把，然後，留一小段打結固定。

5. 繼續往下綁至手把的底部再繞回來。在緞帶尾端打結，用這個結與蝴蝶結連接在一起。

隨興與優雅的結合

當捧花完成後，雖然外觀線條呈現優雅的不規則狀，但這小樹枝的捧花仍是正式場合所用的花飾。

婚禮開始囉！（右圖）

垂形花飾在結婚蛋糕桌的四周，亮面的流蘇狀蝴蝶結掩蓋住連結處。蛋糕被一排蠟菊及紅玫瑰環繞，再加上一個放在頂端的小花飾。蛋糕旁是新娘的捧花，而在柱基前的椅子上，則是新娘的頭飾和伴娘的小捧花，是任何年紀的伴娘都適用。如果是小女孩，輕而小巧又容易拿的小花籃是更好的選擇。迷你的小型花球則是5-10歲的花童常見的選擇。

新娘捧花（上圖）

這束簡單的捧花，是以搭配其他花飾為前題所準備的，包括有亮粉的玫瑰、滿天星、淺粉紅的蠟菊、黃色的袋足花、燕麥穗，以及一些羽毛狀的觀葉植物。從最長莖的花材先開始綁：當你準備動工前，先確定所有玫瑰莖上的刺都拔掉了。

收穫季節和感恩節

秋天來臨時，不免對漫長、輕鬆的夏日時光的消逝而傷感不已，但同時又有一種收穫的滿足感。當農作物開始收成，夜晚越來越寒冷，也就是感謝大自然豐富賜予的時候了——開派對的大好時機。

它同時也是使用乾燥花的理想時刻。夏天及初秋採收的花束都已乾燥好了，隨時可以使用，而秋天的色調——是閃亮的金黃色、鐵鏽色、橙色——可以為花飾帶來喜悅的氣氛。想想色彩溫暖而明亮的花卉，如深紅的小球型大麗花、北美一枝黃花、鮮橘色中國燈籠花和各種顏色的繡球花。再想想田野間的穀物、野草，以及種子結球。

此時的市場及商店全是熟透紅潤的蔬菜水果——紅蘋果、金黃色的梨子、葫蘆——如果不把它們與乾燥花一起運用在花飾、垂形花飾、花環上就太可惜了。以慶祝豐收為主題所做的花飾，就是拿大自然富裕的資產來歡迎朋友的到訪。

迎賓走廊 (下圖)

環繞在門口四周的花環，與門上以藤蔓枝莖編織的圓型花圈做法（詳見第184頁）相契合。一綑精心綁好的大麥穗，燦爛地站在門口左邊。右邊是一個兩層的桌子，上面有圓潤的金黃色葫蘆、插滿乾燥大麥穗、中國燈籠花等花材的馬克杯，和用乾草做成，裝滿花果和玉蜀黍的裝飾羊角（詳見第181頁）。下層是許多小型花飾。

收穫物垂形花飾的做法

1. 以乾草填滿鐵絲網管做為花環基座作法（詳見第183頁），可能需要連接好幾段才有辦法達到所需的長度。將一束束的中國燈籠花、大麥穗、乾草綁好（做法詳見第190頁）。將新鮮的蘋果以鐵絲穿過果核，再將凸出的鐵絲彎折插回果核處。

2. 將粗鐵絲段插進每個玉蜀黍的頭莖，並在葉柄處繞幾圈固定住。以古塔波膠帶（詳見第178頁）將所有的鐵絲都綁好。將一簇簇的花材綁在花環上，每簇都與前一簇花材稍微重疊，並把鐵絲旋轉插入基座中。再間隔地穿插一些玉蜀黍及蘋果。

麥穗綑的做法

拿一大把黑麥穗，只利用其3/4的長度，做成從中心向外擴散的麥穗綑。漸進式地集中起束，一層一層慢慢加上去，每層都以繩索綁好固定。以花莖後端的1/4形成最外層，在花莖較高處以一個單一的結固定它與內部核心。如此，它們才能呈螺旋狀住同一方向傾斜。小心修剪花莖的尾端，其中心的圓柱狀可以當做基座。加上一個以亞麻編織的圓環遮蓋住綑綁處（詳見185頁）。種子類植物、燈心草、穀類植物都應該在最佳狀態時採收。這類花材都很容易乾燥，平鋪在紙上或插在沒有水的花瓶中就可以了。

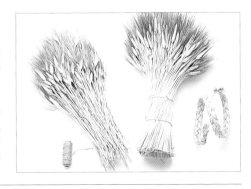

聖誕節

聖誕節，或稱作耶穌的彌撒，早在耶穌誕生前，已開始在12月25日這天慶祝。在西元四世紀初，奧雷連大帝（Aurelian）就已選定這天爲偉大的太陽誕生日，這一天是古羅馬太陽曆中的朔日，因此聖誕節也包含了冬季祭典的含意。

我們以綠樹及五彩燈飾裝飾屋子，互相交換禮物，其實都是古代異教祭典活動的一部分。事實上，檞寄生這種最具異教徒特質的植物，是在教宗喬治一世同意吸收部分異教習俗於基督教中，才得以進入人們的家中與教會成爲裝飾物。

乾燥花用於裝飾聖誕節，無論是單純的花飾或是與新鮮的綠色植物如：松柏、紅豆杉、多青搭配，都有令人眼睛爲之一亮的效果。而各種的針葉樹如藍松、歐洲赤松、愛爾蘭紫杉，乾燥的效果都不錯。

如果你將乾燥花、觀葉植物以及一種或多種針葉樹組合，最佳的優勢在於，你可以好整以暇地在聖誕節前，自己製作降臨節期花環、花籃、花圈或是聖誕樹，因爲它們可以持續整個節慶時節。不過，如果你希望以乾燥花材、多青的鮮紅漿果，以及鮮綠葉片爲材料做花環，等到聖誕節前夕再將多青加上去，因爲多青的葉片及漿果在溫暖的室內很快就會枯萎。

聖誕節的色彩

色彩明亮的乾燥花，如中國燈籠花、紅色的蠟菊、紅玫瑰，以及瓶刷花，在深綠色聖誕樹及觀葉植物的襯托下，看起來更是華麗。同樣的，冷色系的純白、銀色、淺藍的滿天星、千鳥草、蠟菊、銀葉菊、希那葉、繡球花及淺藍色的千鳥草，也有同樣的效果。在色彩調和的前題下，無論是裝飾樹木

及大量混合的花材都有極佳的視覺效果。然而，若以一至兩種顏色裝飾樹木，也許是紅配綠、粉紅配銀色、或橙色配金色，都有呈現如在陽光下的耀眼效果。

一串串的乾燥花飾和觀葉植物，可以在聖誕節期間爲室內帶來煥然一新的明亮。壁爐、門廊、樓梯間、餐桌、廚櫃，和畫作，在花環的圍繞下（做法詳見第146-147頁）都被賦予另一種生命力。運用深綠色的觀葉植物可增添其明亮度，但完全以乾燥花製成的花串也有令人耳目一新的效果，而且早在聖誕節之前就可以利用閒暇時間製作。

冷冽、優雅的樹（上圖及右圖）

噴上銀漆的花籃裝滿乾燥的繡球花（詳見上述的細節），纖細易碎的白色乾燥滿天星撒上銀粉，裝飾這個風格特殊迷人的聖誕樹。其他的乾燥花飾也能適切地裝點這顆樹。把4到5個色彩亮麗的蠟菊組合在一起，形成小花球，然後垂吊在較傳統的玻璃飾品或紙類飾品旁。多色系的小花束看來也很迷人。

引人注目的垂形花飾（上圖）

位於壁爐爐床上方不對稱的垂形花飾，是室內裝飾的主體。需製作兩個垂形花飾，它們有一大串的花束是重疊一起的（詳見第146頁）。花材包括乾燥的松木枝葉、蠟菊、撒上銀粉的球果、松紅梅，以及新鮮的雜色冬青。爐床上的花盆，是將球形鐵絲網（做法詳見第186頁）覆以染成綠色的地衣，再加上以鐵絲固定的鮮豔漿果點綴其上。

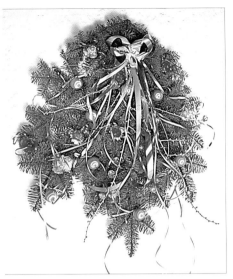

節慶的花環（上圖）

三叢藍雲杉，每叢長約60公分，加上一些銀色的球果，形成這個花環的基本架構。再點綴一簇簇的蠟菊及粉紅色的球形裝飾物。緞帶自蝴蝶結處如瀑布般垂下，遮蓋住打結的地方。

茶葉罐花飾（上圖右）

小樹枝及桉樹的葉片都噴上銀漆、撒滿亮粉，以營造節慶的氣氛。

正式的中心花飾（右圖）

大型的鐵絲網基座（做法詳見第183頁）裝飾了包括有：鐵線蓮的種子、玫瑰、蠟菊、綠色繡球花、地衣、柳葉桃金孃和羽狀羊齒葉。

第八章

工具、花材與技巧

製作鮮花或乾燥花飾所需的工具及材料
並不多而且很簡單，所有你用得到的
工具都會在本章節中介紹；
其中還包括你該熟練的必備技巧。雖然
簡單，卻可以保證製作出專業化的
成果，不論是應用於花器或基座上。
若能熟練這些技巧，你就可以做出本書
示範的所有精美花飾，
並且有自信爲各種節慶場合創造屬於
自己風格的花飾。
本章也介紹如何風乾新鮮花材，
如何利用乾燥劑，或以甘油保存花材，
以及爲花材染色，
還有如何儲存乾燥後的花材。

理想的工作空間

很少有人能奢侈地擁有一個獨立的工作花房，
專門用來製作花材及觀葉植物、或在裡面插花、
乾燥花材，以及儲存花材。但是只要運用想像力，
就可能擁有一個屬於自己的空間。
例如一個上過漆的吊櫃，放在走廊或樓梯間
剛好可以用來放置乾燥花及其他花材。
但吊櫃必須有良好的通風設計。

工具和材料

專業花飾工藝者的配備相當繁多,但多半在特殊場合才派得上用場。以下是本書介紹的花飾所需的材料及工具。必備的項目包括高品質的園藝剪刀、強固的鋼刀及一些海綿。其他工具也經常用得上,可以在花店或商店買到。

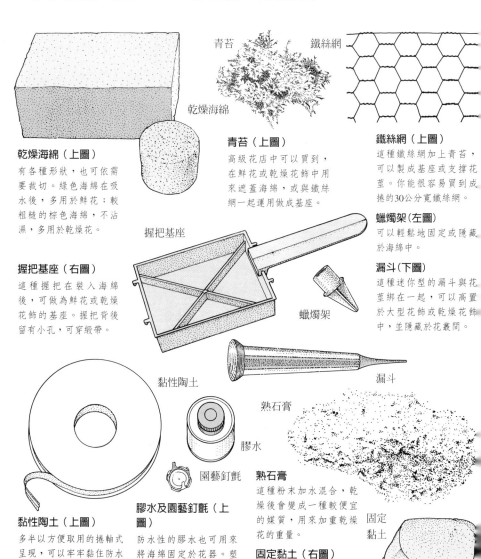

乾燥海綿(上圖)
有各種形狀,也可依需要裁切。綠色海綿在吸水後,多用於鮮花;較粗糙的棕色海綿,不沾濕,多用於乾燥花。

握把基座(右圖)
這種握把在裝入海綿後,可做為鮮花或乾燥花飾的基座。握把背後留有小孔,可穿緞帶。

青苔(上圖)
高級花店中可以買到,在鮮花或乾燥花飾中用來遮蓋海綿,或與鐵絲網一起運用做成基座。

鐵絲網(上圖)
這種鐵絲網加上青苔,可以製成基座或支撐花莖。你能很容易買到成捲的30公分寬鐵絲網。

蠟燭架(左圖)
可以輕鬆地固定或隱藏於海綿中。

漏斗(下圖)
這種迷你型的漏斗與花莖綁在一起,可以高置於大型花飾或乾燥花飾中,並隱藏於花叢間。

熟石膏
這種粉末加水混合,乾燥後會變成一種較便宜的媒質,用來加重乾燥花的重量。

固定黏土(右圖)
價格比熟石膏貴;較容易使用。

黏性陶土(上圖)
多半以方便取用的捲軸式呈現,可以牢牢黏住防水及光滑的表面。常用於將海綿固定於花器中。

膠水及園藝釘氈(上圖)
防水性的膠水也可用來將海綿固定於花器。塑膠的園藝釘氈也是用來固定海綿於花器當中。

青苔　鐵絲網

乾燥海綿

握把基座

蠟燭架

黏性陶土

熟石膏

膠水

園藝釘氈

漏斗

固定黏土

園藝剪刀

刀子

切割工具

園藝剪刀可用來修剪大部分的花材和細鐵絲。你還需要一把鐵製的刀子將花莖刮乾淨,以及刀刃較長的刀片來切割海綿;老虎鉗可以修剪較粗的花莖;鐵絲剪能修剪粗鐵絲及鐵絲網。

鐵絲剪

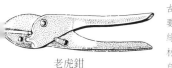

老虎鉗

古塔波膠帶及園藝膠帶

古塔波膠帶以橡膠為主要材質,用來綑綁以鐵絲固定的鮮花或乾燥花材的花莖,使其看來較自然。有綠色、棕色,以及白色。園藝膠帶是種質輕的縐紋膠帶,有些人比較用喜歡這種膠帶,各種顏色都有。

線、鐵絲、玫瑰鐵絲(下圖)

用來綑綁鐵絲固定後的花莖。銀色的玫瑰鐵絲有兩種不同的粗細。一般鐵絲較粗,是黑色的。線必須夠強固又不能太粗。

線

鐵絲

玫瑰線

古塔波膠帶

園藝膠帶

40公分的
略粗鐵絲

28公分的
細鐵絲

23公分的
細鐵絲

亞麻線

亞麻繩(下圖)

自然的色彩是編織花環和花圈最佳的基座材料。

15公分的
細鐵絲

15公分的
玫瑰鐵絲

鐵絲段

鐵絲段(做為假花莖)為黑色,長度大約9-45.5公分不等,粗細也各有不同。細的銀色玫瑰鐵絲,適用於較細膩的製作手續,長度有15公分。若有頂端較重的花材,也可以選擇用竹枝。

準備花器

雖然花材的擺設不一定要準備花器——自然風味的花飾隨意擺在罐子中，也能令人眼睛為之一亮——但如果花材的花莖有容器可支撐，插花就容易多了。

海綿（詳見178頁）是最經濟實惠的支撐材料。它可以隨意雕塑外形，如果你的花器特別大，可以將兩塊海綿綁在一起，然後用園藝釘氈（詳見178頁）固定於花器底部。如果你是準備創作鮮花的花飾，在開始前要讓海綿完全吸飽水分，並在完成後為花器加滿水。如果花器有往內彎的斜度，鐵絲網也

許是另一種選擇，如果是玻璃花器中的簡單花飾，彈珠或小圓石可以固定花材的位置。

如果你使用的玻璃花器要加入吸過水的海綿，而你又想遮住，只需簡單地以青苔環繞住它：青苔性喜潮濕的水分。乾燥花的花莖往往不夠美觀，透過玻璃花瓶看過去，尤其破壞視覺美感。只需在花器內填滿東西——在玻璃與海綿之間放入薰香花材或青苔，這問題就可以迎刃而解。

有些花器需要在裝水前先塞滿東西，其他的花器則需要加以修整或裝飾。

預備陶製花器

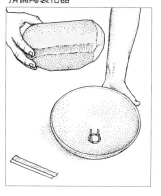
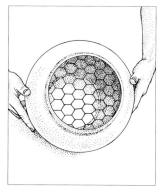

左外：向外擴展的廣口花器，加上按照花器形狀切割好的海綿，以黏性陶土固定園藝釘氈與花器底部，再將海綿固定於其上。而預備淺碟形的花器，將切割好的海綿以膠水固定於底座（若是鮮花的花飾則使用防水膠帶）。

左圖：若是腹大口小的花器，除了海綿之外，你還可以剪一段鐵絲網放在容器內，並將它往上拉到容器口。

利用會滲水的花籃佈置鮮花花飾

1. 將大小適中、防水的碗狀容器放入花籃中，你必須用海綿將籃子與容器之間的空隙填滿。以黏性陶土將園藝釘氈固定於容器的底部。

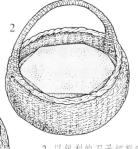

2. 以銳利的刀子切割吸水後的濕海綿，使其能與容器完全脗合。然後將它固定在容器底部的園藝釘氈上。

3. 加入濕潤的青苔，用來填滿花器與籃子之間的空隙。如果有必要，也可以覆蓋在濕海綿的上面。

預備玻璃花器

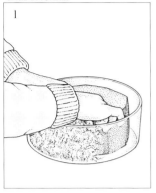

1. 以黏性陶土將兩個園藝釘氈固定於花器底部。依照花器的外形切割一塊海綿，若是鮮花則需先吸足水分，完美地放入花器中。

2. 將海綿固定在花器中央的園藝釘氈上，以一塊塊濕潤的青苔包圍，並覆蓋整塊海綿。如果是運用較高的圓柱狀玻璃容器來處理乾燥花，在玻璃與青苔之間，可以放一些壓製過的秋天落葉較為美觀。

以紙裝飾花器

將彩色的紙片黏在花器內部，每片都與旁邊的稍稍重疊，形成馬賽克的效果；漆上一層亮光漆以免它剝落。在裝飾過的容器內，再放入襯裡的花瓶。

垃圾桶的運用

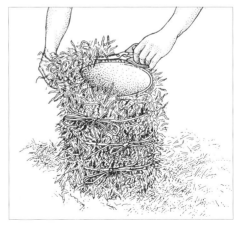

1. 在地上放兩條亞麻繩，以一層厚厚的乾草蓋住。將垃圾桶放在乾草上捲起來，再用亞麻繩繞著容器將乾草固定。

2. 將亞麻繩的尾端打個蝴蝶結，如果需要再加強固定就多綁幾條繩子。用剪刀修剪不整齊的地方（171頁編織的羊角也是以此法包裝）。

準備基座

想要有專業、令人滿意的花藝成品，必然有週全的基礎工作。這可以節省接下來插花的時間。當然也包括花時間製作自己的花環，花球及樹木基座；如果你希望在商店中各種現成的成品外另有選擇的話。

從商店買來的現成基座多是以塑膠和乾燥海綿製成，不過各種鐵絲框架都可以買得到，而且可以用青苔來遮掩住。若是以本書所介紹的方法自行製作框架，那會更合用，讓你的花藝設計有完整的控制權。

我們從繪畫及雕塑當中發現，花環（花卉或觀葉植物所組成的圓形硬環）自遠古以來，即爲牆壁或門板的傳統裝飾物，尤其喜歡以盛開的豔麗花朵和芳香的香草做成的花環。圓形花飾的基座做法有好幾種方式，你可以將柔軟的花莖編織形成框架，或是以鐵絲網包捲青苔成長條狀，然後將兩端接合在一起成爲一個圓圈。鐵絲網是製作花飾非常實用的材料。它可以用來（加上海綿）做乾燥花球的基座，或是以鮮花或乾燥花爲材料的大型花環、花圈。至於精緻的乾燥花小花圈，只需要鐵絲段（詳見179頁）就可以做一個基座了。

製作花環、花球或裝飾性樹木的基座，所使用的材料必須完全乾燥，否則花飾很快就會變形。乾燥的過程大約需一個星期左右。

為現成的鐵絲框架覆蓋花材

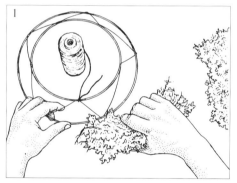

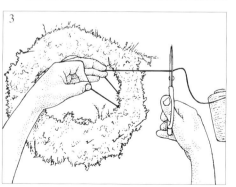

1. 將軸線的一端綁在鐵絲框架上，在打結處之後預留一小段線頭。拿一小簇潮濕的青苔。

2. 將青苔靠著鐵絲框架的邊緣，牢牢地以線頭綁住。接著繼續綁滿整個框架，每段都略微重疊。

3. 將最後一簇青苔與第一簇重疊，綁好固定。剪斷線頭，和原先的結一起綁緊，畫下個優雅的句點。在與乾燥花一起使用前，要讓青苔徹底乾燥。

以鐵絲網及青苔製作的圓形底座的做法

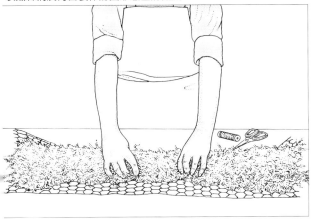

1. 剪一段30公分寬的鐵絲網，長度以你希望的圓周長度為準。把它攤平，以潮濕的青苔鋪在一邊，將鐵絲網包著青苔捲緊，形成結實的管狀物，直徑最寬不要超過7公分。再塞入一些青苔，將凸出的鐵絲調整理好。

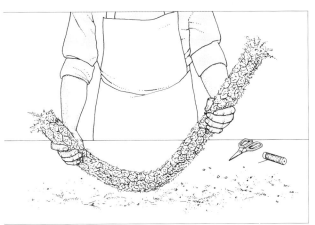

2. 將管狀物緩緩地彎折成圓形，然後慢慢地調整成適當比例的環狀物。尾端不要重疊，而以較美觀的方式縫合在一起就好了。

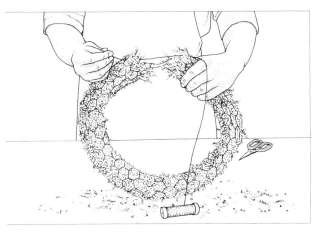

3. 用鐵絲綁在管狀物的一端，預留一段線頭供最後收尾時使用。將管狀物的兩端縫合在一起，把鐵絲打結綁緊並將線頭藏好。青苔在高級花藝店或商店都可買到。記住如果是製作乾燥花飾的話，在使用前要徹底乾燥處理。

藤莖花環的做法

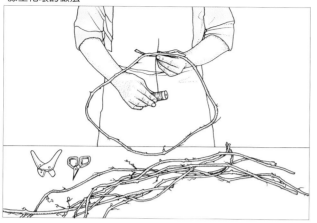

1. 各種攀緣植物的藤蔓，或某些特別柔軟的樹木枝莖，都可以用來製作藤莖花環的基座。這些花莖必須是柔軟的，切割成約1.3公尺長的樹枝狀。木天蓼的藤蔓，以及柳樹或樺樹的花莖，所製作的基座特別美觀。將你準備的樹枝彎折成你所需大小的圓圈，以鐵絲固定好。

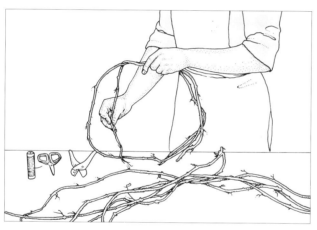

2. 拿另一段樹枝，彎折成環狀，然後小心地與第一個圓圈纏繞在一起，再把尾端綁緊。

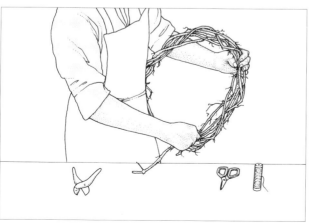

3. 繼續將樹枝纏繞下去，並允許這些交織成特殊外形的樹枝間空孔洞，一直到你所期望的寬度。當圓形的環狀樹枝可以支撐成形時，就將鐵絲剪掉。如果這個基座是用來製作乾燥花飾，在加上任何花材之前，一定要讓它完全乾燥。花環不一定要將整個環架都鋪滿花材。單獨的藤莖花環也可以有裝飾功能，你可以讓它完全展露出來，或者是只露一小部分，達到引人注目的效果。

優雅小花環的做法

1. 先組合好一簇簇的花束。取兩段鐵絲在一端扭轉出圓形勾環，然後在另一端留出比花環圓周多出5公分左右的長度。以古塔波膠帶包住。

2. 以鐵絲將花束綁在鐵絲上面，每個綑綁處都要包覆膠帶。以第一簇花束遮掩住勾環，其他每簇花束都蓋住前面花束的花莖。在尾端留2.5公分的鐵絲段。

3. 將裝飾好花束的鐵絲段，彎成一個圓形，尾端多餘的鐵絲穿過勾環再折回來固定。第一簇花束應該能蓋住前一簇的花莖。

亞麻繩花環的做法

1. 取一把品質優良的亞麻繩，為達到堅固基座的要求，繩子必須夠粗。把它分成3等份，用編麻花的方式編到繩索的尾端。再以亞麻繩將尾端綁好，修剪整齊。

2. 編織的亞麻繩可以將它接合成一個圓形基座，成為如下圖的乾燥花飾，或是用來製作一般的花環、垂形花飾。

覆蓋青苔的花球基座做法

覆蓋青苔的花球通常用來製作懸掛式花飾，不過也可做為蓮頭形乾燥花樹（詳見對頁）的基座，或是伴娘拿的小乾燥花球，用一圈緞帶即可固定握住。

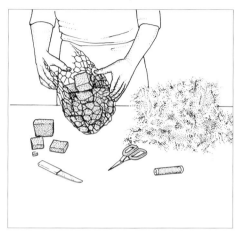

1. 剪一段30公分寬的鐵絲網，略長於花球圓周的長度。然後在鐵絲網上放一堆海綿；如果是製作乾燥花的花飾，海綿必須乾燥處理，如果是以鮮花為材料，海綿就得浸濕吸水。一手將海綿接住，另一手將鐵絲網對摺。

2. 牢牢按住鐵絲網的一邊，輕輕地拉起其他部分的鐵絲網並摺進來，調整海綿塊的量，讓所需的圓球慢慢成形。將鐵絲網與海綿調整成適當的外形，把不平均或太扁平的部分稍稍移動，將鐵絲網邊緣凸出的鐵絲往內折。

3. 用鐵絲在網眼上打個結（詳見179頁），留一段足夠收尾的長度。覆蓋一簇青苔（如果是乾燥花飾，就需先行乾燥處理，鮮花則使用潮濕的青苔），先用手按住，再以鐵絲繞著球狀體綑綁固定。儘量使用深色的鐵絲，在青苔表面看不出來，所以可以多加利用。

4. 當你開始製作花飾時，會將花莖和鐵絲插入青苔再固定於海綿上，因此，覆蓋的表層必須非常密實。一旦整個球體都用青苔覆蓋好，將細綁的鐵絲拉回開始打結時預留的線頭，兩端綁好，修剪掉尾端並將其隱藏於青苔內。

樹形花飾基座的做法

圓椎形樹木，以及蓬頭形樹木是最常見的幾何樹形花飾設計，然而你也可以拿大自然渾然天成的樹木造形

做為依據。要注意樹幹必須十分堅固，基座的重量要足夠，因為樹幹是插在花盆內預先灌注的熟石膏當中。

1. 在小陶土花盆中填入乾海綿片。熟石膏放入花器後會膨脹，海綿片可以預留一些膨脹的空間，以防花器破裂。將熟石膏粉加水調合成濃稠狀，倒入花盆至三分之二滿，確定乾燥的海綿片都沒有移動。

2. 馬上將樹幹插入石膏當中——你可以感覺到它砸到花盆底。稍微搖晃一下，以確定石膏在其四周密合。一手支撐住樹幹，慢慢轉動花盆，觀察是否每個角度都沒問題，再倒入更多的石膏直到接近盆口1.2公分處。支撐住樹幹直到它能站著不會倒。

3. 將剩餘的水倒入原來裝熟石膏的碗，然後儘快將裡面的石膏挖出來，這樣碗才不容易破碎。現在，你可以開始製作樹頭部分。將你選好的海綿基座插入樹幹中固定好，圓椎形或球形的海綿在一般花藝店都買得到，但你也可以把乾海綿磚切割成自己想要的形狀。除此之外，第186頁所描述，以青苔覆蓋的球狀體也可作為蓬頭形樹木的基座。將短而細的鐵絲彎折，製成U形釘，好將水苔固定於圓椎體上。

懸掛的吊環

所有懸掛式的花環（例如花圈、懸掛式花束、花球、垂形花飾），都需要附上某種型式的吊環，才能掛起來。你所選擇的吊環應該與花飾互相搭配，如此一來，即使是從背後看，也不至於破壞整體設計。唯一要堅持的是：所選用的材料要夠堅固，足以長時間支撐懸掛式花飾。這些範例是以亞麻繩和鐵絲做爲材料，編織的亞麻繩子比縫綴的堅固許多；而安全、固定好的鐵絲圈，則更加牢靠。

編織亞麻繩吊環的做法

按照第185頁的方法，編織一個所需尺寸的亞麻繩。將它彎折成吊環狀，以鐵絲緊緊地纏繞住接合處，將尾端的鐵絲留著，用來與基座固定。若要製作輕巧的吊環，取幾條亞麻繩，在鐵絲吊環的圓形接合前，將它們編附在鐵絲段上。以鐵絲段當作針頭，穿過基座，再重覆以相反方向穿回來形成吊環狀。剪掉多餘鐵絲，將亞麻繩綁好固定。

鐵絲吊環的做法

1

2

1. 以古塔波膠帶包住鐵絲（詳見179頁），在中間繞出一個圓圈，將兩端插進基座的背面。

2. 將吊環的兩端再穿回底座，插入青苔中固定好。

3. 鐵絲吊環固定在基座背面的中心點，將其他鐵絲段都整齊而堅固的調整好位置。

3

以鐵絲強固花材

通常只有在需要將每個花草的位置都控制地非常精確時，才需要以鐵絲強固新鮮花材，例如製作婚禮用的小花束、花環、裝飾長椅和複雜的花環。相反地，乾燥花通常都需要以鐵絲強固，補足短小脆弱的花莖。

選擇適合的鐵絲段（詳見179頁）——以能提供花莖長度所需的足夠彈性及強固度為準。用古塔波膠帶來遮蓋住鐵絲。

加長或加強枝莖

1. 修剪花材的花莖至2.5公分長，取一鐵絲段靠在花莖上，再加上細玫瑰鐵絲；其多出的鐵絲朝上。

2. 將較長的那段鐵絲向下彎折，然後迴旋而下，將花莖、玫瑰鐵絲的下半段、鐵絲段緊緊地纏繞住。

3. 繼續往下纏繞至7.5公分處直到可以輕鬆地握住其花莖，將玫瑰鐵絲剪斷，尾端捲起來整理好。

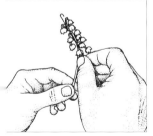

> **適當的花材**
> 細莖的花卉，例如新鮮的小蒼蘭

以鐵絲強固草玉鈴

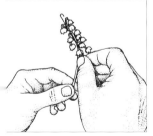
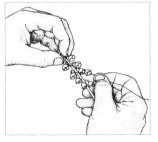

1. 以細玫瑰鐵絲製作一個5公釐長的U字型，將它在勾在花莖的頂端，這樣鐵絲段就可以平行地住下纏繞住花卉的細莖。

2. 小心地開始以玫瑰鐵絲纏繞花莖，小心不要折斷花莖。將玫瑰鐵絲往下迴旋纏繞至最尾端的花朵。

3. 再以上面示範的方法將下面的花莖固定好。

> **其他適用的花材**
> 長春藤的小垂葉

以鐵絲固定花苞：方法一

取適當粗細的鐵絲段，支撐著花苞的頂端。修剪花材留下大約2.5公分的花莖，然後將鐵絲段往上推進花苞的底部。

適用花材：
玫瑰、康乃馨、花紋康乃馨、小百合、蘭花

以鐵絲固定花苞：方法二

如方法一，將鐵絲穿過花苞，再彎折出小小的U字型，往下拉使U字型的尾端穿過花苞。將鐵絲的尾端纏在一起。

適用花材：
單枝的菊花、玫瑰、蠟菊

以鐵絲固定空心或折斷的花梗

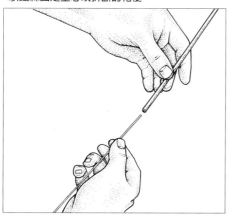

將適當長度及粗細的鐵絲段小心地穿進整個花莖內部。空心的花莖也可以相同的方式延伸或修整；以古塔波膠帶包住整個花莖。

適用花材：
飛燕草、風信子、千鳥草、金鳳花

以鐵絲固定花束

一手握住花束，將中等粗細的鐵絲放在花莖頂端，尾端與花莖尾端對齊。另一手拿著鐵絲的另一端，將它彎折至花莖後方距離尾端大約5公分的地方。往下繼續纏繞至底。如果需要的話，可以用剩餘的鐵絲延伸其花莖。

以鐵絲固定球果

1. 取粗鐵絲做為球果的花莖,將鐵絲的一端水平穿過球果最尾端的一層,另一端只需突出5公分。將那一端往回緊緊纏繞住球果,將兩端鐵絲編織纏繞在一起,使球果可以牢牢地支撐住。

2. 將纏繞在一起的鐵絲扳回球果的底部,如此長鐵絲可以在球果底部的中心成為花莖。修剪較短的那段鐵絲,利用下面介紹的方法以古塔波膠帶將整段鐵絲隱藏起來。

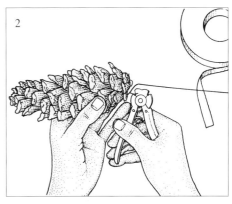

纏繞鐵絲固定的花梗

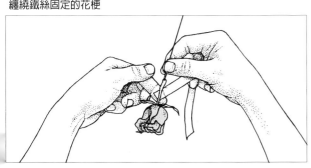

1. 將鐵絲固定好的花苞朝下握好,拿一段與鐵絲和花莖長度相當的古塔波膠帶,以斜角方式放置於枝莖頂端。

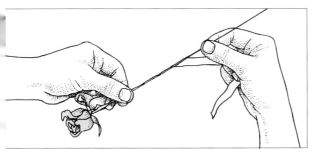

2. 拉緊古塔波膠帶,環繞花莖而下,使膠帶以螺旋狀覆蓋住整個鐵絲。在鐵絲底部扭轉膠帶以收尾。

處理新鮮花材

當花器或基座準備就緒，花材也收集好之後，其實應該再花些時間將花材稍做整理。只要在這個步驟上稍微下點功夫，花飾就可以更持久且更迷人。

即使只是修剪花莖，你也應該將它們重新修剪成傾斜而銳利的角度，使其顯露出的面較寬廣。接下來，將較底部的葉子拔除，否則它們會在水裡腐爛掉。若有刺也要去掉。多汁液的花莖應該將其底部燒焦以防滲透在花瓶中。而某些多苞植物最頂端的花苞（都不會開的）應該摘除。較粗壯的草本植物的莖，末端應刮除乾淨、剪開或刮除木質枝莖的末端，可以使其吸收更多的水分。

所謂的「沸水處理法」似乎對某些特定花材特別有用。雖然這看來也許是較激烈的手法。當沸水往上升時，會迫使空氣自花莖下方排出，避免因空氣的阻隔，使得水分無法到達花苞以及觀葉植物的頂端。沒經過這道手續，某些新嫩的花材可能不必多久就枯萎腐敗；這個方法也可以用來處理玫瑰花苞下垂的問題。

最後，在開始插花前幾小時，將所有花材直立在有深度的盛水容器中；讓水分進入空心的花莖中。

處理花材的枝莖

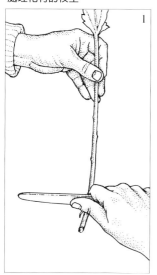 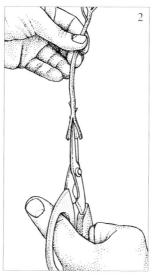 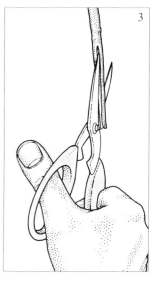

1.刮除
以銳利的刀子或園藝剪刀，刮除花莖最末端5公分處的表皮，使其更快、更有效地吸收水分。

2.剪開花莖
以園藝剪刀小心地從花莖底部往上剪開，切口最長不超過5公分。

3.重新修剪
以園藝剪刀以斜角剪除花莖，讓花莖接觸到水分的面積更大。

> **適合的花材**
> 刮除、剪開花莖、重新修剪這三種方法：木質花莖，如：杜鵑花、山茶花、濱棗、尤加利樹。剪開花莖、重新修剪這二種方法：粗壯的草本植物

在空心花莖中注入水分：方法一

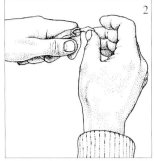

1. 為確保水分很快就能到達花苞的頂端，使花朵能持久開放，先將花莖往下倒置，小心地將水分注入花莖內。

2. 花莖注滿水後，以小塊的濕棉花塞住底部，馬上放回水瓶當中。

在空心花莖中注入水分：方法二

1. 如上面的方法將水分注入花莖，然後以拇指緊壓住底部。

2. 將花莖豎起放入裝滿水的花瓶內，最好是你即將使用的，當花莖浸入水中之後，才將拇指移開。

適用於兩種方法的花材
孤挺花、翠珠花、飛燕草、百子蓮、千鳥草、羽扇豆

處理多苞的花莖

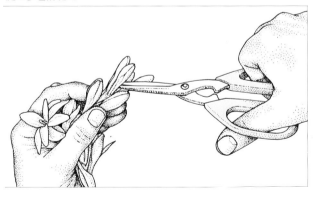

為了使底部的花苞較持久，而多苞的花莖可以吸收足夠的水分，增加開花的壽命，必須要用園藝剪刀修剪掉最上層的花苞（非常不容易開花）。如果你多花些心思和時間，要修剪到不露痕跡是辦得到的，只要不是近距離觀賞。

適合的花材
劍蘭、君子蘭、晚香玉

燒灼多汁的花莖底部

要封住會滲透汁液的花莖，就以小火柴燒灼花莖底部。可以避免難以察覺的水污染，也延長花材的壽命。

適合的花材
美洲錦地草、羊齒、罌粟

沸水處理法

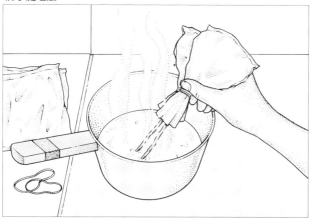

1. 在鍋子裡倒入 5 公分左右的水燒開，在等待的期間，拿一個水桶裝入微溫的水。把裝開水的鍋子移到平穩的桌面，將花材底部的花莖斜著放入沸水中 20 秒。以傾斜方式拿花莖可避免蒸氣破壞花朵及葉片，短莖花卉可以套塑膠袋，再以橡皮圈綁好。

2. 將花材從沸水中拿出來，立即放入溫水桶中。在開始插花以前，先將花材放置於深水中幾小時，如此花朵及葉片才能吸飽水分。

適用花材

亞歷山大茴香、當歸、竹子、光葉葉薊、拳參、黑心菊、醉魚草、雞冠花、翠珠花、斑葉四照花、非洲菊、金絲梅、蜀葵、金鏈花、木蘭、錦葵、向日葵、牛舌草、苦艾

重新恢復活力

開始插花之前，不論是完全浸泡在適當容器的冰水中，或是放在水龍頭下讓流水緩緩地沖刷整個花材，大部分的觀葉植物及花材都可以重新恢復其活力。有時，在處理特別大型的觀葉植物時，浴缸可能是唯一適用的容器。

將彎曲的花莖扳直

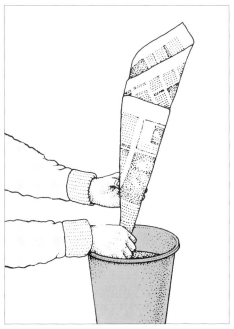

1. 為使彎曲的花莖容易擺置，可以將它們的底部修剪成斜角，以報紙包住4-5束的花材。

2. 用膠帶將每個報紙捲好的花束綁緊，放在一桶水中，放在陰涼的地方。隔夜，就可以用來插花了。

適用的花材
美洲錦地草、非洲菊、罌粟花、玫瑰、鬱金香

照料花飾

修剪過的花卉，如果已經過適當的步驟處理後，不需要太多的功夫照料。然而，仍有些基本的原則可以確保你製作的花飾更持久。例如，千萬不要將花材直接放在暖氣前，或在強烈的陽光下曝曬，因為熱氣會使花朵快速而明顯地下垂。加入一點漂白水和糖在花器的水中，可以延長花材的壽命，此外經常換水可以維持花材的香味。摘除已枯萎的花苞，讓花飾美麗的外觀得以持久。

風乾花材

風乾是最簡單而且最有效的保存花材方式，在本書中大部的分乾燥花飾也都以風乾製作。根據植物不同的特性，花材可以倒掛著或者是直立在容器內，或者是接鋪放在地上。

理想的狀態下，花材應該放在陰涼、乾燥、通風良好且陰暗的屋子內風乾，當然你也可以選擇在較溫暖的室溫，或通風不好的櫥櫃中風乾花材。然而，風乾的地點絕對要乾燥且陰暗。如果不夠乾燥，花材容易腐敗，尤其是花朵或枝莖重疊在一起，例如垂掛式花束的綑綁處。如果室內不夠陰暗，花材很快就會褪色。

採收花材來風乾

所有的植物都應該在乾燥的季節採收，最好是在接近中午的時刻，那時露水都已蒸發掉。最晚要在花材盛開的前四天採收，換句話說，開的最好的玫瑰應該在花苞色彩豔麗而正要開花時採收。

倒掛式風乾

以倒掛花材來風乾是最常見的方法。摘除底部的葉片，擦乾花莖的水分，然後用長亞麻繩或線，甚至是橡皮圈將花材綁成花束。確定綑綁處以下的長度夠短，才能倒掛在固定的位置上。每個花束的花朵、種子、葉片呈扇形攤開，讓葉片與花瓣間的接觸面越少越好。然後將花束或單獨的枝莖倒掛在欄杆、鐵絲、或長線上風乾。

直立或平面風乾

某些花材直放在花器中風乾的效果較好，或者放在盛有少量水分的花器中等水分慢慢蒸發，亦或是直接放在空瓶子中。與倒吊式風乾法相同，花材必須放在陰涼、乾燥、通風良好、陰暗的地方效果最好。

大部分的落葉植物和許多常綠觀葉植物，最好以鋪平的方式風乾，雖然葉片的邊緣會有捲曲的縐摺。青苔及冷杉的球果可以放在通風的盒子或籃子風乾。你還可以用鐵絲網將大型的花苞如朝鮮薊等架放在上面。

綑綁修剪過的花莖

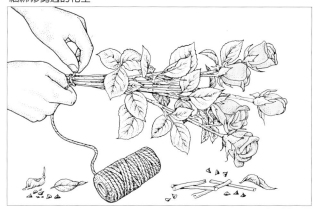

拔掉接近底部的葉片和刺，露出乾淨的花莖。組合一束大約 5枝花材的花束，搖晃調整花苞的位置。並將花莖以繩子或亞麻繩略為細綁住，攤開花材讓花苞以及葉片獨立分散，在風乾時可以使空氣流通。

噴灑草類和燈心草

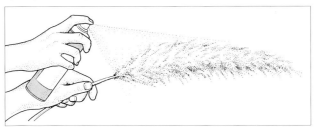

某些穗狀的草類植物尤其是銀蘆和水燭，如果表面沒有保護層，在乾燥的過程就碎掉了。大範圍地噴灑（可以的話，最好在室外）透氣的髮膠或其他彈性液，可防止散裂。

懸掛式風乾

將花材花莖倒掛起來風乾，是風乾方法中最簡單的一項。架設一排支柱或鐵絲，以25公分的間距，最高不得超過天花板以下15公分的距離，確保有良好的通風。也可以將花束勾在支柱上亦或以繩索、亞麻繩綁住固定。

以鐵絲固定住花莖的花束做法

花朵在新鮮時即以鐵絲固定，就可以拿來做倒掛式風乾。將大約10朵花苞組成的花束，以橡皮圈綁住固定。慢慢地將鐵絲彎折，使花苞不會碰在一起。再倒掛起來風乾。

支柱式風乾

這是風乾攀緣類植物，如有美麗的穗狀花苞的蛇麻子和鐵線蓮最快的方法。在它們仍然茂盛時剪下來，纏繞著懸掛在空中的竹杆。

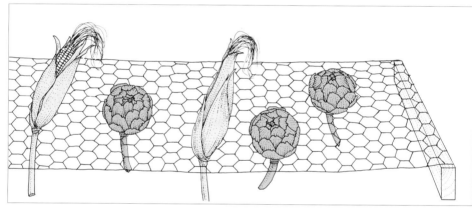

乾燥大型花苞或種子類植物

將鐵絲網水平固定住，高度要足夠讓花材的長莖自由擺動。把每個花莖穿過鐵絲網的網眼，像甜玉米的外殼就可固定在那裡風乾。

適用的花材

刺苞朮、朝鮮薊、蓮花、洋蔥、普羅蒂亞、甜玉米

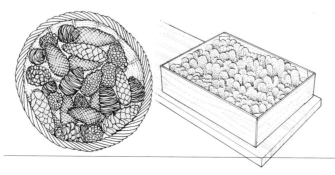

球果

將球果在室溫下放幾天，直到每一層中間的水氣都消失為止。

青苔和地衣

將它鋪一層在摺縐的報紙上，不要鋪得過於緊密。

直立在花器內風乾

以直立式風乾花材的方法有兩種。有些植物放在空花瓶中乾燥，效果不錯（左圖）。其他的則比較適合放在5公分深的水中風乾。花莖吸收了一些水分，再慢慢地蒸發，有助於使花材的乾燥更徹底。

適用花材
加水：線狀瞿麥、雜種的飛燕草、繡球花、海角珠翠花、含羞草
不加水：水燭、藜、洋蔥、銀蘆、蘇聯補血草

平鋪式風乾法

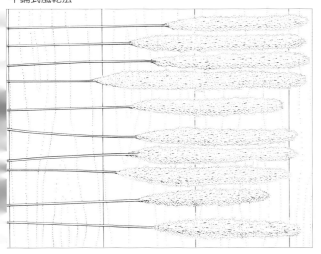

將花材平鋪在吸收濕氣的表面：厚紙板或報紙都可以。將花材小心地排開，使空氣能在花莖與葉片間流通。用這種方法乾燥的葉片會捲曲縐摺，但是維持原來的顏色及花莖的外形，直立式或懸掛式風乾，就完全不是這種樣子了。

適用花材
竹子、所有的草類植物、薰衣草

使用乾燥劑

大部分的花材都能以乾燥劑或相關的媒介物如矽膠、硼砂、明礬或細砂成功的乾燥。乾燥劑會吸收花材的濕氣，卻完整保留原貌，因此用這種方式乾燥的花材大多與原本的色彩、大小、材質相似。不過，使用乾燥劑也有缺點：矽膠乾燥花材的速度最快，卻很昂貴(雖然結晶顆粒可以用爐火乾燥過，再重覆使用)，而乾燥劑必須要平均地覆蓋住所有花材。同時，由於乾燥劑會使花材變得易碎，最好在乾燥前先將花苞及葉片以鐵絲固定（做詳見189頁）。

矽膠

矽膠通常呈白色結晶狀，或是有顏色指示的晶狀體，乾燥時呈藍色而吸收濕氣後則呈粉紅色。矽膠必須以杵和臼或咖啡磨豆機（之後要沖洗乾淨）研磨成至少是原來二分之一的細粒狀，好讓花材的乾燥更有效率。

你需要一個夠大的密封罐或盒子來放置你想乾燥的花材。在容器鋪上一層乾燥的結晶體，將花材放在上面。把結晶體堆在花材的周圍，用小刷子稍微撥弄一下，確定各個部分都有乾燥劑平均分佈。蓋上蓋子，以膠帶封好。兩天後打開來檢查：乾燥劑應該已經結塊，而結晶體應該變成粉紅色。在乾燥完成，應立即將花材移出容器外，否則會變得脆弱易碎。

硼砂、明礬或銀砂

硼砂和明礬當作乾燥劑使用前，應該與銀砂混合：化學藥劑與銀砂是以3：2的比例混合。兩者都需要大約10天才能夠完成花材的乾燥；如果單獨以銀砂乾燥的話，則需要花3個星期。

適用花材
三花白頭翁、山茶花、大麗花（少數種類）、飛燕草、小蒼蘭、龍膽、非洲菊、黑兒波、千鳥草、百合、水仙、牡丹、金鳳花、玫瑰、百日菊

使用矽膠

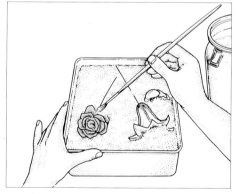

1. 以矽膠來乾燥花材，餅乾盒是最理想的容器。在容器底部鋪上一層結晶體，將花材放在上面。要記住，粗壯的花莖不適合用這種方法乾燥，在使用乾燥劑之前，先將它以鐵絲代替（做法詳見190頁）。

2. 以湯匙將乾燥劑撒落在花材四周，再用小刷子將它們平均分散到花瓣間。蓋上蓋子，放置48小時。當你乾燥有鐵絲固定的花材時，確定你的容器足以容納它的「花莖」。

以甘油保存花材

這個技巧是以甘油取代植物本身的水分，使花材在長時間內保持穩定的狀態。雖然只有少數花卉可以使用這種方法，但絕大多數的觀葉植物卻很適合此法。它的優點是植物本身仍然豐潤，看起來更加自然；缺點是，它會使顏色產生大幅變化，通常成為深棕色或黃褐色。

花莖粗壯的植物，可以用百分之四十的甘油及百分之六十熱水調合。將花材放入上述調和處方10公分深，確定容器足以承受花莖的重量。並且存放在涼爽、陰暗的地方最少

6天。當花材的最頂端冒出甘油的水滴時，就停止這個程序。將花材移出容器之外，沖洗乾淨。

要處理個別的葉片時，可以調製較濃的處方，以甘油及熱水各一半混合。葉片會在6天內吸足它所需的甘油。

適用花材
花莖類：山毛櫸、胡頹子、繡球花、月桂樹、貝殼花
葉片類：蜘蛛抱蛋、墨西哥橙、桉樹、多青樹、木蘭、十大功勞、針樅。

粗花莖花材的保存

1. 去除底部的枝葉，將木質花莖自尾端剪開5公分。最後再將它剪成尖銳的斜角。

2. 直立放在調好的處方液中，一定要將空心的花莖以鐵絲支撐好（做法詳見190頁），擺放在涼快陰暗的地方6-10天左右。

觀葉植物的保存

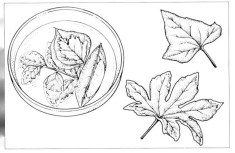

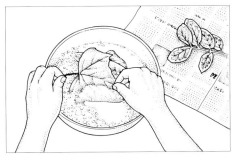

1. 將單片的葉片或小枝浸泡在調好的處方液中，放在陰暗的地方。

2. 當葉片轉變成深色時，拿出來以肥皂水清洗，再鋪平晾乾。

彩色乾燥或保存材料

許多節慶的花飾因加入一些色彩明亮的乾燥花材而增色不少，你可以將看膩了的花材染色，創造出極富生命力的活潑氣息。將花材染色的方法有好幾種。

以甘油保存花材

如果你在甘油調和液（詳見201頁）當中加入染劑，植物會在吸收甘油的同時，也吸收染料。由於觀葉植物在吸收甘油之後，顏色往往會變得較為混濁，這也是改變灰暗色調的好方法。例如，綠色的染料會使它比新鮮葉片顏色更深一些，但是絕對比暗沉的色彩來得好。

你也可以用這種方法將觀葉植物染色。紅色會使桉樹的葉片看來有秋天的光采，而鐵鏽色的染料可以為山毛櫸，展現另一種溫暖柔和的面貌。

除此之外，如果在甘油的調和液中加入漂白劑，會使花材呈現乳白色。

在風乾時染色

如果你在花材風乾時，讓它直立於水中，可以藉此在水裡加上一些染料。在乾燥前，染料會跟著水分一起被花材吸收。染色最大的目的，其實是讓花材看起來更加自然，因此在加入染料時，最好是採用真實存在於大自然中的各種植物的顏色。一般而言，藍色是最不討好的顏色，通常會製造出極不自然的花飾。

噴灑及漆上色彩

用來為鮮花和乾燥花上色的特殊噴漆，顏色相當多樣，有些特別地實用。蘇聯補血草乾燥後呈銀灰色，你可以噴上一些帶有自然味道的淺黃或粉紅色，這兩色混合後還會出現一種十分迷人的蜜桃色。

明亮的彩色噴漆或快乾的顏料，都是製作節慶花飾時的最佳工具會為你增添一抹色彩。罌粟花及黑種草的種子結球若是染上鮮紅色、亮粉紅或是綠色，都相當出色。松柏的球果、核果和優雅的當歸、珠翠花、茴香、芫荽，可以噴上銀色或金色的噴漆，並在噴漆未乾之前撒一點亮片，讓閃亮的晶粒能黏住固定。然而，如果是要擺放一整年的花飾，最好運用較不極端的色彩，看起來比較自然生動。

噴漆染色

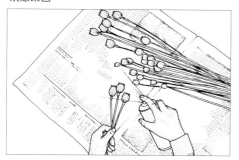

一次取 3-4棵花材，用紅色噴漆將罌粟花的種子結球噴滿，這是在任何時間都可以製造出非常愉悅的節慶氣氛的顏色。

閃亮的造形

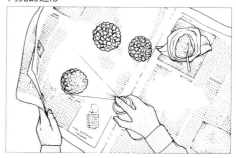

為球果噴上銀漆，然後撒上閃亮的亮片，增加特殊效果。在聖誕節時，可以做為聖誕樹的裝飾或是餐桌的中心擺設。

儲存乾燥和處理過的花材

如果你正在自行採收、乾燥或壓製花材，可能會有多餘的材料。當你需要將這些花材儲存好幾個月時，必須小心地將它們包裝好。

任何倒掛在天花板風乾的花束，在乾燥完成後可以就將它留在那裡，只要避免直接被太陽光照射。同樣地，任何你放在櫥櫃裡風乾的花材，也可以繼續擺著。

儲存乾燥花材最普通的方法，就是將它另外包裝在密封的硬紙盒內，然後擺放在涼爽乾燥的地方，附近最好有幾個通風口。在包裝乾燥花材之前，要確定是完全徹底乾燥。只要其中一朵花仍殘留有一點點濕氣，盒子封上後就會腐爛。用來將鮮花送到市場的硬紙箱，應該是最合適的容器。

風乾的花材需將它們固定好，才不至於有其他東西壓在花苞、葉片或種子上。數層縐紋紙或是報紙可以用來保護每個花束，並與其他花束隔開。堅硬的花材例如球果或朝鮮薊，不需要特別的保存措施，可以直接放進盒子或籃子裡，放置在涼爽乾燥的地點，直到需要使用的時候。

甘油製作的花材的包裝方法應該與上述相同，不過，沒有人會將這兩種不同方式製作的乾燥花包裝在一起，因為以甘油製作的乾燥花仍有一定程度的濕氣，絕對會破壞其他乾燥花材的存放。

你也可以用差不多的方式貯藏壓製的花飾，以吸水紙、報紙或棉紙將它們隔成一層層排列的方式，放置在箱子裡。

包裝乾燥花花束

甘油和風乾方式的乾燥花材可以用相同的方式包裝，不過不能裝在同一個箱子內。花材的位置必須固定好，才不會有其他東西壓到花苞、葉片或種子上。先以棉紙將觀葉植物的花束綁住，然後將它們包裝好，中間以吸水紙或報紙隔開，以免第一層的花莖與下一層的花苞疊在一起。

包裝脆弱的花束

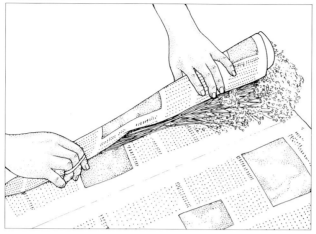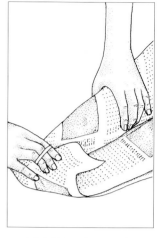

1. 當你要儲存花苞脆弱的花束時，例如玫瑰，在裝箱以前，先用報紙或棉紙小心地將花束包起來。這樣可以減少隔鄰花材所產生的壓力。

用一張報紙包著花束捲成圓錐形。最好在一開始就把報紙的邊緣往內摺一摺，如此可以使圓錐形花束更固定。

2. 在捲報紙的同時，也將圓錐形較窄那頭往內摺，等到整個花束捲好之後，以膠帶或橡皮圈綁好固定，並確定沒有壓到花莖。

包裝單獨的繡球花

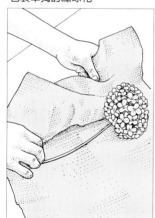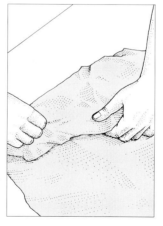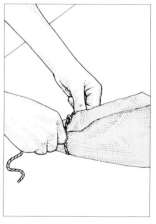

1. 兩種形式的繡球花——蓮頭形和蕾絲帽形——在乾燥後都特別脆弱。因此，它們尤其需要單獨包裝起來，花瓣才不至於在個別吊起來收藏之前就損壞。開始時，先將花苞擺放在一張大的棉紙上

2. 緩緩地將棉紙包著枝莖及花苞，捲成鬆散的圓錐狀，在包裝時要非常留意，不要壓壞脆弱的花苞。待棉紙捲好，以一段膠帶小心而且緊實地固定好。在包裝或固定時，儘量不要移動花苞。

3. 拿長繩或亞麻繩，在距離花束尾端的10公分處將圓錐結體綁好。剩下的線頭或亞麻繩結成懸掛的吊環，將花苞個別吊在涼爽乾燥、通風良好的地點，直到需要使用時。如果棉紙內有任何濕氣存在，作品就會被破壞。

包裝大型種子的花材

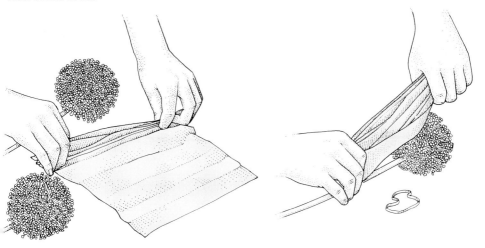

1. 為保護粗壯花莖上纖細的種子，先鋪上一條寬18-20公分，長60公分的棉紙，將它摺疊成條狀。

2. 將棉紙條放在種子結球以下5公分的地方，小心地展開摺疊處，在種子四周形成縐領狀的保護。

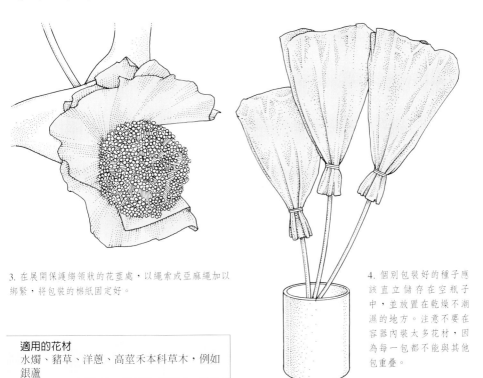

3. 在展開保護縐領狀的花莖處，以繩索或亞麻繩加以綁緊，將包裝的棉紙固定好。

4. 個別包裝好的種子應該直立儲存在空瓶子中，並放置在乾燥不潮濕的地方。注意不要在容器內裝太多花材，因為每一包都不能與其他包重疊。

適用的花材
水燭、豬草、洋蔥、高莖禾本科草木，例如銀蘆

第九章

花與觀葉植物
總覽表

可做為花藝創作者選擇的花材種類，
真是多不勝數。當然，有些並不適用於
插花，也許是因為它的大小或是尖刺，
也許有些不適合做乾燥花。
接下來的內容，將廣泛介紹許多可以
完美的運用在花飾的植物。
每一段都有植物的簡述、每年盛開的
季節，以及如何將它配製成
適用花材的小建議。
其他新鮮花材的處理細節，
都在第192-5頁介紹了，
至於第196-201頁，則介紹有關乾燥和
保存花材的方法。

傳統草本植物花壇

一叢叢高鮮的飛燕草和搭配的羽衣草，
以像雲一般小而柔軟的檸檬綠花苞、粉紅色的
灌木叢、攀綠的玫瑰，特別引人注意。
呈現在細小暗紅色玫瑰花叢和橘園芽苞
所產生陰涼的區域。
一道經過精心修剪由黃楊木構成的籬芭，
與牆後粗壯的攀綠植物糾結成
賞心悅目的圍籬。

一枝黃花　*Solidago*

長莖植物，開蓬鬆的羽毛狀黃花，在水中相當持久。它們很適合乾燥，不管在花開之前以取其綠色，或是在花盛開時。

• 可利用期：夏天、秋天。
• 處理方式(鮮花)：直立在深水中數小時。
• 採收乾燥：夏天至秋天。
• 乾燥方式：倒掛風乾。

九重葛　*Bouvardia*

柔弱的溫室灌木，開濃密的管狀花朵，有粉紅色、白色、以及黃色。有些品種還會散發香味，不適合乾燥。

• 處理方式(鮮花)：將花莖從底部剪開。再以沸水處理過花莖，然後直立放在深水中數小時。

八角金盤　*Fatsia*

像手指般深裂、光滑的大型暗綠色葉片。葉片具裝飾價值。在水中能持久。保存在甘油中的葉片會轉變成暗褐色。

• 可利用期：夏天。
• 處理方式(鮮花)：刮除花莖，並從底部剪開，然後直立在深水中數小時。
• 採收乾燥：夏天。
• 乾燥方式：鋪平風乾或是夾在報紙中，放在不是通道的地毯下壓平，或直立在甘油中保存。花：以乾燥劑乾燥。

十大功勞　*Mahonia*

常綠灌木，葉片光滑有刺，芳香的黃色構成穗狀花序。秋天結藍黑色果實。

• 可利用期：葉：全年。花：冬天、春天。果實：秋天。
• 處理方式(鮮花)：刮除花莖，並從底部剪開，然後直立在深水中數小時。
• 採收乾燥：夏天。
• 乾燥方式：可以直立在甘油中。

保存。

三色菫(紫羅蘭、香菫菜)　*Viola*

眾所周知的三色菫花朵大小不一、色彩繁多。莖花全都不高。有些品種芳香且滋味可口，可以作成蜜餞用於甜點和蛋糕中。

• 可利用期：春天至秋天。有些種類全年都有。
• 處理方式(鮮花)：直立在深水中數小時。
• 採收乾燥：春天。
• 乾燥方式：以壓花器壓平或做成花糖。

千日紅(圓仔花)　*Gomphrena*

圓球千日紅是眾多品種中最主要的栽培品種。一年生，球形花有白、黃、橙、紅、粉紅和紫色。花「永不凋謝」，很容易乾燥。

• 可利用期：夏天。
• 處理方式(鮮花)：直立在深水中數小時。
• 採收乾燥：夏天。
• 乾燥方式：倒掛風乾。

千屈菜　*Lythrum*

高大的草本植物，生長艷紫色花塔。它們在水中並不持久，但在花飾中其強烈的色彩強調垂直性。不適合乾燥。

• 可利用期：夏末和秋天。
• 處理方式(鮮花)：先將花莖以沸水處理後，再直立在深水中數個小時。

土耳其桔梗　*Eustoma*

優雅彎弧狀的花朵呈現美麗的喇叭狀。

• 可利用期：夏天時花店有售。
• 處理方式(鮮花)：經沸水處理後，直立在深水中數小時。
• 乾燥方式：以乾燥劑乾燥花朵。

大波斯菊　*Cosmos*

有羽狀葉片和白色、粉紅、紅色、橘色花朵的高大植物，外型清爽。暗紅色波斯菊有少見的深棕色花朵，以及令人回想到熱巧克力的味道。在水中可以維持很久。

• 可利用期：夏天、秋天。
• 處理方式(鮮花)：直立放在深水中數小時。
• 採收乾燥：夏天、秋天。
• 乾燥方式：將花朵以及葉片製成壓花。

大戟　*Euphorbia*

呈現黃和綠色的葉片，具觀賞價值，植株高矮不一。在水中能夠持久。其中包括其紅色苞片的盆栽植物聖誕紅。會滲出辛辣的白色汁液。不適合乾燥。

• 可利用期：春天和夏天。
• 處理方式(鮮花)：直接以火焰或細砂止住汁液。直立在深水中數小時。

大黃　*Rheum*

烹調和裝飾用的大黃嫩葉可利用。葉子有毒。不適合乾燥。

• 可利用期：春天。
• 處理方式(鮮花)：整片葉子先浸一下水，然後直立在深水中數小時。

大磯松(海岸石竹)　*Armeria*

軟墊般的短莖，上面開著粉紅色的花朵。有深粉紅以及紅色等品種供選擇，但是葉片並不適用在花飾。冬天時比較持久。

• 可利用期：夏天。
• 處理方式(鮮花)：直立放在深水中數小時。
• 採收乾燥：夏天。
• 乾燥方式：倒掛風乾。

大麗花　*Dahlia*

半耐寒塊莖植物，花型及色彩

變化多端。顏色包括：白、紅、淡紫、黃及橙色。莖很長。在水中相當耐久，尤其是開圓球狀的大麗花。要乾燥的話，約在花盛開之前 4 天採摘。
- 可利用期：夏末及秋天。
- 處理方式(鮮花)：直立在深水中數小時。
- 採收乾燥：秋天。
- 乾燥方式：倒掛風乾，或用乾燥劑乾燥。

女貞　*Ligustrum*

常綠灌木，葉片可利用，有金色和綠色品種。具有味道的白花有些人覺得難聞，有些人則喜歡。秋天結黑色漿果。
- 可利用期：全年。
- 處理方式(鮮花)：從花莖底部剪開，直立在深水中數小時。
- 採收乾燥：夏天。
- 乾燥方式：綠色品種直立在甘油中保存。

小花柏(棉花薰衣草)
Santolina

小型常綠灌木，綠或灰色的莖和葉有芳香。夏天開黃色的花，但是很少結果。斑點小花柏特別適合乾燥。
- 可利用期：全年。
- 處理方式(鮮花)：刮除花莖，並從底部剪開，然後直立在深水中數小時。
- 採收乾燥：夏天。
- 乾燥方式：倒掛風乾。

小常春花　*Pithocarpa*

這些白色小雛菊幾乎和線狀瞿麥一般精緻，但每朵花呈現更顯著的雛菊輪廓，非常可愛，極適於新鮮的插花。
- 可利用期：夏天。
- 處理方式(鮮花)：直立在深水中數小時。
- 採收乾燥：夏天。

- 乾燥方式：倒掛風乾。

小麥稈菊、(砂花、不凋花)
Ammobium

這些單純、小型白色雛菊，乾燥後仍保有美麗的白色。在它們花朵下的花莖很細長，因此你要它們直立時，必須以鐵絲固定。否則就會像瀑布般垂掛下來。
- 可利用期：夏天。
- 處理方式(鮮花)：直立放在深水中數小時。
- 採收乾燥：夏天。
- 乾燥方式：倒掛風乾

小蒼蘭　*Freesia*

最香的切花之一。蠟質的花在莖上一次開一至兩朵，色彩種類繁多。在水中能持久。
- 可利用期：夏天。花店全年都有販售。
- 處理方式(鮮花)：直立在深水中數小時。
- 採收乾燥：夏天。
- 乾燥方式：用乾燥劑乾燥或以壓花器壓平。

小鳶尾花　*Ixia*

花莖纖細的球根植物，每枝花莖上開數朵星形花。色彩種類繁多，包括了藍綠色。在水中能持久。畏寒。
- 可利用期：春天。
- 處理方式(鮮花)：直立在深水中數小時。
- 採收乾燥：春天。
- 乾燥方式：花以壓花器壓平。

山毛櫸　*Fagus*

呈綠色或銅色的發亮葉片受人珍視。堅果的外殼形狀有趣，可加以利用。
- 可利用期：葉片：春天和夏天。果實：秋天。
- 處理方式(鮮花)：刮除莖幹，並從底部剪開，然後直立在深水

中數小時。嫩枝以沸水處理。
- 採收乾燥：夏天。
- 乾燥方式：鋪平風乾或夾在報紙中，放在不是通道的地毯之下壓平，或直立在甘油中保存。堅果放入籃子風乾。

山茶花　*Camellia*

華麗的白色、粉紅或紅色花朵搭配有光澤的綠葉的傳統花材。有許多耐寒品種可供選擇，在水中可以維持許久。
- 可利用期：冬末和春天，或在花店可以買到。
- 處理方式(鮮花)：刮除花莖，並從底部剪開，然後直立放在深水中數小時。
- 採收乾燥：花朵：春天。葉片：夏天。
- 乾燥方式：花朵：以乾燥劑乾燥。葉片：直立在甘油中乾燥。

山梅花　*Philadelphus*

耐寒灌木，白色的花味道濃烈。有重瓣花和金色葉的品種。
- 可利用期：夏天。
- 處理方式(鮮花)：摘去大部分葉片。刮除花莖，並從底部剪開，接著經沸水處理後，直立在深水中數小時。
- 採收乾燥：夏天。
- 乾燥方式：花朵個別以壓花器壓平或放入乾燥劑中乾燥。

山鼠麴草　*Xeranthemum*

山鼠麴草的薄花瓣會在植株上自行乾燥，但它們很嬌弱，若以這種方式乾燥容易會受損。
- 可利用期：夏天。
- 處理方式(鮮花)：直立在深水中數小時。
- 採收乾燥：夏天。
- 乾燥方式：倒掛風乾。

山蘿蔔　*Chaerophyllum*

山蘿蔔的繖狀花序，非常類似

於繖狀花植物，例如茴香、香菜及豬草，可以將花莖及花朵壓製成美麗的輻射狀圖案。種子結球也可以乾燥得很完美。
- 採收乾燥：夏天。
- 乾燥方式：花朵：製成壓花或倒掛風乾，也可以放在空瓶內直立乾燥。種子：倒吊或直立風乾。

勿忘我　*Myosotis*

彎弧短枝條上開藍色花朵。在水中相當持久。
- 可利用期：晚春和夏天。
- 處理方式(鮮花)：直立在深水中數小時。保持通風。
- 採收乾燥：春天和夏天。
- 乾燥方式：花用壓花器壓平。

升麻　*Cimifuga*

長形的花苞，很像加長的紅千層，有白色或乳白的花朵。細長的花莖是深棕色，有些品種的葉片類似羊齒。在水中可以維持一段時間，不適合乾燥。
- 可利用期：夏天、秋天。
- 處理方式(鮮花)：以沸水處理過花莖，然後直立放在深水中數小時。

天人菊　*Gaillardia*

鮮明的雛菊狀花朵，呈現燦爛的紅、黃和橘色。有重瓣和單瓣兩種品種。在水中能持久。
- 可利用期：夏天、秋天。
- 處理方式(鮮花)：直立在深水中數小時。
- 採收乾燥：夏天和秋天。
- 乾燥方式：以壓花器把花壓平。

天竺葵　*Pelargonium*

畏寒植物，花冠極富色彩，呈現鮮紅、粉紅、紫、白等色，有些葉片芳香，有些則具優美的帶狀花紋。

- 可利用期：夏天、秋天。
- 處理方式(鮮花)：直立在深水中數小時。
- 採收乾燥：夏天和秋天。
- 乾燥方式：葉和花分別以壓花器壓平。

天堂鳥花(百樂鳥花)　*Strelitzia*

色彩明亮的畏寒植物，花形類似鳥的頭部，頂戴著明亮且持久的冠羽。不適合乾燥。
- 可利用期：春天。花店全年都有供應。
- 處理方式(鮮花)：直立在深水中數小時。

巴洛塔　*Ballota*

多年生灌木植物，毛絨絨的圓形葉片，長滿整個垂擺的花莖。它毛絨絨的表面為葉片帶來「灰綠色」的感覺。花朵在花飾中不出色，在水中可持久。
- 可利用期：夏天、秋天。
- 處理方式(鮮花)：以沸水處理過花莖，然後直立放在深水中數小時，不要將葉片浸泡在水中。
- 採收乾燥：夏天、秋天。
- 乾燥方式：直立在甘油中乾燥(摘掉所有的葉子)或倒掛風乾。

心葉牛舌草　*Brunnera*

這類草藥植物的心形葉片上，開有大量的淺藍色花。不是非常高大，在水中能維持一段時間。
- 可利用期：初夏
- 處理方式(鮮花)：將花莖從底部剪開，然後直立放在深水中數小時。
- 採收乾燥：初夏。
- 乾燥方式：將一小把花朵的枝椏製成壓花。

日本茵芋　*Skimmia*

常綠灌木，葉片有光澤，成簇的紅色漿果能持久。白色的花具

有香氣。在水中能持久。不適合製成乾燥花。
- 可利用期：葉：全年。花：春天。漿果：秋天至春天。
- 處理方式(鮮花)：刮除花莖，並從底部剪開，然後直立在深水中數小時。

木槿　*Hibiscus*

喇叭形花朵生長在嬌弱、多年生的灌木植株上。每朵花只開一天，隨即為更多的花所取代。它們提供了濃烈的熱帶色彩。不適合乾燥。
- 可利用期：夏末和秋天。
- 處理方式(鮮花)：從花莖底部剪開，接著經沸水處理後，直立在深水中數小時。

木蘭　*Magnolia*

有落葉及常綠的灌木和喬木，開的多為白色的花，有時會泛出粉紅色。有些變種的花還具有香氣。
- 可利用期：春天和夏天。
- 處理方式(鮮花)：刮除花莖，並從底部剪開，接著再經沸水處理後，直立放置於深水中數小時。
- 採收乾燥：春天和夏天。
- 乾燥方式：葉：直立在甘油中保存。花：用乾燥劑乾燥。

毛地黃　*Digitalis*

這些紫色鐘形構成的高塔敲響了盛舟。圍繞花莖的鐘形花有多種形狀以及顏色，包括有白和黃色。
- 可利用期：夏天。
- 處理方式(鮮花)：除去較長的葉片，經沸水處理後，直立在深水中數小時。
- 採收乾燥：夏天。
- 乾燥方式：倒掛風乾種子結球。花朵個別放入乾燥劑中乾燥。

水仙(黃水仙) *Narcissus*

非常受歡迎的春天球根植物，從花瓣盤上突出喇叭狀或杯狀物。以黃色居多，但也有白、橘和粉紅色品種。此外還有許多小型品種，包括黃水仙。許多都帶香味。

• 可利用期：春天。花店：冬天和春天。
• 處理方式(鮮花)：含苞時切下。直立在深水中數小時。
• 採收乾燥：春天。
• 乾燥方式：用乾燥劑乾燥，做成花糖或以壓花器壓平。

水芋百合 *Arum*

本土植物，其閃亮而有彈性的葉片極具價值。義大利水芋的葉片在冬天呈現乳白色的大理石花紋而特別珍貴。紅色的漿果呈穗狀生長，雖可用於花飾，但帶有毒性。不適合乾燥。

• 可利用期：葉片：冬天及春天。漿果：秋天。
• 處理方式(鮮花)：先將葉片浸泡在水中半天的時間。以橡皮圈將花莖的上方及底部固定，以防分散開來，然後直立放在深水中1小時。

水楊梅 *Geum*

多年生草本植物，花呈亮麗的紅、黃或橙色，有單瓣、半重瓣或重瓣品種，一般形狀為圓形，大多懸在頂部。

• 可利用期：晚春和夏天。
• 處理方式(鮮花)：花莖以沸水處理後，直立在深水中數小時。
• 採收乾燥：晚春和夏天。
• 乾燥方式：單瓣品種用壓花器壓平，半重瓣和重瓣品種放入乾燥劑中乾燥。

水燭 *Typha*

水燭必須在成捲的種子轉褐時摘取，最好是在結合雄蕊開始解

體之前貯存其種子。乾燥後，在水燭表面噴漆以固定住種子。

• 可利用期：夏天。
• 處理方式(鮮花)：直立在深水中數小時。
• 採收乾燥：夏天。
• 乾燥方式：直立在沒裝水的容器中風乾。

水蘚 *Sphagnum*

許多插花類型中不可或缺的基座材料。鮮花花飾無需處理。

• 採收乾燥：任何時間。
• 乾燥方式：放置於籃子或盒子內風乾。

牛舌草 *Echium*

有時長在庭園的野生植物。盤捲的藍色花朵配著紅色雄蕊。葉片和花莖有扎手的小刺。栽培的園藝雜種色彩範圍較廣。不適合乾燥。

• 可利用期：夏天。
• 處理方式(鮮花)：花莖以沸水處理後，直立在深水中數小時。

牻牛兒苗 *Geranium*

受人喜愛的多年生草本植物，花呈碟形。品種繁多，有從基藍、淡紫及紫色到紅、粉紅和白色等色彩，其中許多都具有對比的脈紋。外形高矮不一。並不持久。種子結球引人注目。

• 可利用期：晚春至秋天。
• 處理方式(鮮花)：直立在深水中數小時。
• 採收乾燥：夏末至秋天。
• 乾燥方式：花朵個別和葉片用壓花器壓平。

仙客來 *Cyclamen*

為數不少的優雅品種，在溫室或花園中提供一年四季的花材。也有較大型的園藝櫻草花，做為盆栽植物朵。可選擇的顏色包括白色、淺紫色、粉紅色和紫色。

• 可利用期：品種：秋天、冬天和春天。園藝植物：全年。
• 處理方式(鮮花)：直立放在深水中數小時。
• 採收乾燥：全年。
• 乾燥方式：製成壓花。

冬青 *Ilex*

葉片光滑多刺的灌木或喬木，其葉片和鮮紅色漿果可在仲冬時利用。另有雜色和黃色漿果的品種。花不足取，但葉子插在水中相當持久。

• 可利用期：冬天。
• 處理方式(鮮花)：刮除花莖，並從底部剪開，然後直立在深水中數小時。
• 採收乾燥：夏天。
• 乾燥方式：直立在甘油中保存。

冬素馨 *Jasminum*

有冬天和夏天兩種。前者在彎弧的花莖上，生長黃色星形花。夏天則有極馥郁的白色品種。此外夏天還有黃色和粉紅色種類可利用。

• 可利用期：冬天、夏天。
• 處理方式(鮮花)：莖切下後，立即直立在深水中數小時。
• 採收乾燥：冬天和夏天。
• 乾燥方式：花朵以壓花器壓平。

加州丁香樹 *Ceanothus*

常綠落葉灌木，有毛絨狀的圓形花叢和多種藍色的花朵。在各種常綠植物中葉很漂亮。花朵不適合乾燥。

• 可利用期：春天和初夏。
• 處理方式(鮮花)：刮除花莖，並從底部剪開，然後直立在深水中數小時。

四照花 *Cornus*

有特殊樹皮的大型灌木，品種

繁多，可以供冬天的花飾使用。春天時，盛開白色或黃色的花朵或是花苞，秋天時色彩變得溫暖。

• 可利用期：樹皮：全年都可使用，尤其是冬天。花朵：春天。淡色：秋天。

• 處理方式(鮮花)：刮除花莖，並從底部剪開，再以沸水處理過莖幹，直立放在深水中數小時。

• 採收乾燥：夏天及秋天。

• 乾燥方式：製成乾燥花。

玉米(玉蜀黍、包穀)
Zea mays

禾本植物，葉片大、黃色大型種子結球包裹在綠色苞片中，頂端露出柔軟的總絲。「彩虹」品種結出色彩各異的精選小穗軸，但不能吃。

• 可利用期：秋天。

• 處理方式(鮮花)：如果需要高度，盡快從穗軸底部插入棍棒，因為它們會乾掉。

• 採收乾燥：秋天。

• 乾燥方式：直立在沒裝水的容器中風乾。

玉簪(車前玉簪)　Hosta

不論葉片和花穗都令人驚異。心形的大型葉片呈現不同綠色及深藍色調。另外還有許多雜色的品種。花有白色、淡紫藍色、紫色。在水中能持久。

• 可利用期：夏天、秋天。

• 處理方式(鮮花)：葉片浸水數分鐘，再直立深水中數小時。

• 採收乾燥：夏天。

• 乾燥方式：鋪平風乾或夾在報紙中，放不是通道的地毯下，或以壓花器壓平。葉片浸甘油保存。

白木(紅花白木)
Leucodendron

這些結子的木質球果通常著生在長有淺綠銀色葉片的莖上，就像花一般，在秋天色彩的花飾中強勢而搶眼。

• 可利用期：夏天。

• 處理方式(鮮花)：從花莖底部剪開，直立在深水中數小時。

• 採收乾燥：夏天。

• 乾燥方式：倒掛或直立在沒裝水的容器中風乾。

白楊木　Populus

落葉喬木或灌木，有光澤的心形葉片，有銀色及金色品種。花不足取。不適合乾燥。

• 可利用期：夏天。

• 處理方式(鮮花)：刮除花莖，並從底部剪開，然後直立在深水中數小時。嫩枝以沸水處理。

白頭翁　Anemone

有好幾種不同品種。春天開花的品種：木質的白頭翁較矮而纖細，呈現白色、粉紅色、藍色；以及黛安(De Caen)的品種，鮮明的紅色、藍色、淺紫色。秋天開花的日本白頭翁比較高大、粗壯，有白色及粉紅色。

• 可利用期：春天或秋天。黛安的可利用期：花店全店全年供應。

• 處理方式(鮮花)：放在深水中數小時。

• 採收乾燥：春天和夏天。

• 乾燥方式：製作成壓花或將花以乾燥劑乾燥。

矢車菊(香矢車菊)
Centaurea

全年生的常綠植物，原來基本的顏色是藍色，但現在有白色、粉紅、淡紫、紅色可供選擇。各種香矢車菊，芬芳宜人。

• 可利用期：夏天

• 處理方式(鮮花)：直立放在深水中數小時。

• 採收乾燥：夏天。

• 乾燥方式：倒掛風乾或以乾燥劑來乾燥。

石竹(康乃馨、洋石竹)
Dianthus

最受人喜愛的切花之一。有白色、粉紅以及紅色等栽培品種，有些則有明顯的眼斑。通常有香味。所有品種在水中都相當耐久。

• 可利用期：夏天和秋天(傳統石竹和洋石竹僅在初夏)。

• 處理方式(鮮花)：直立在深水中數小時。

• 採收乾燥：夏天。

• 乾燥方式：倒掛風乾小型重瓣石竹。康乃馨放入乾燥劑中乾燥。單瓣石竹用壓花器壓平。

石楠　Erica

灌木般的小型植物，花和葉的色彩都可加以利用。全年總有些種類在開花。花色多變，從白到粉紅、淡紫和紫色等。葉片呈現綠色和金色的各種色調。即使暗褐色的種子結球也十分吸引人。

• 可利用期：全年。

• 處理方式(鮮花)：刮除花莖，並從底部剪開，然後直立在深水中數小時。

• 採收乾燥：夏天。

• 乾燥方式：直立在裝少許水的容器中風乾。

石榴　Punica

果皮呈黃紅色或褐色的球形果實。

• 可利用期：秋天向水果商購買。

光葉葉薊　Acanthus

有高聳的淡紫、紫色、白色穗狀花朵，和大型美麗亮面葉片的草本植物。在水中能保持很久。

• 可利用期：夏末

• 處理方式(鮮花)：將花莖從底

部剪開，切割成銳利的斜角。以
沸水處理法加以處理，直立在深
水中3-4小時。
• 採收乾燥：秋天。
• 乾燥方式：倒掛風乾。

吊鐘花　*Fuchsia*

小型灌木，花朵下垂，通常是
鐘形，呈現粉紅、紫和紅色。有
些品種的葉片有斑點。僅有少數
耐寒。
• 可利用期：夏天、秋天。
• 處理方式(鮮花)：刮除花莖，
並從底部剪開，然後直立在深水
中數小時。
• 採收乾燥：夏天和秋天。
• 乾燥方式：用壓花器壓平或放
入乾燥劑中乾燥。

向日葵　*Helianthus*

體型非常高大的雛菊狀黃花。
眾所皆知的一年生植物，向日葵
有個暗色的大型中央花盤。多年
生的，花就小多了。
• 可利用期：秋天。
• 處理方式(鮮花)：沸水處理
後，直立在深水中數小時。
• 採收乾燥：秋天。
• 乾燥方式：較小的花朵以乾燥
劑乾燥。

地衣(銀色地衣)　*Cladonia* sp.

地衣的樣式千變萬化，可以乾
燥或直接使用；也可以做為乾燥
花飾的基座，或者是花圈、樹
木、任何外形的外圍表層。除此
之外，花朵可單獨以鐵絲固定當
做花材使用。新鮮的花材不需特
別處理。
• 採收乾燥：任何時節。
• 乾燥方式：放置在盒子或籃子
內風乾。

地膚　*Kochia*

細葉植物，一般都說它們像警
衛的「高帽子」。鮮綠色在秋天
轉變成暗紅色。
• 可利用期：夏天、秋天。
• 處理方式(鮮花)：直立在深水
中數小時。
• 採收乾燥：夏天和秋天。
• 乾燥方式：倒掛風乾。

灰葉草　*Griselinia*

常綠灌木，葉片具有觀賞價
值，尤其是有斑點的品種。全都
很持久。
• 可利用期：全年。
• 處理方式(鮮花)：刮除花莖，
並從底部剪開，然後直立在深水
中數小時。
• 採收乾燥：全年。
• 乾燥方式：直立在甘油中保
存。

灰藜　*Chenopodium*

這種本土的大型開花植物很容
易乾燥。利用旁邊的穗狀花可以
當做花飾的填補花材，或者利用
整個花莖，為大型花飾帶來引人
注目的效果。
• 可利用期：夏天。
• 處理方式(鮮花)：先以沸水處
理過花莖後，再放置於深水中數
小時。
• 採收乾燥：秋天。
• 乾燥方式：放在空瓶中乾燥。

百子蓮　*Agapanthus*

圓球形的藍色花苞，有多種不
同的外形，也有白色品種。帶狀
葉片。在水中可以持久，不適合
做為乾燥花。
• 可利用期：夏末至秋天。
• 處理方式(鮮花)：直立放在深
水中數小時。

百日菊　*Zinnia*

色彩多變的一年生植物，有重
瓣的大型雛菊狀花冠，顏色有
黃、橘、紅、紫、綠或白等色。
在水中能持久。

• 可利用期：夏天、秋天。
• 處理方式(鮮花)：直立在深水
中數小時。
• 採收乾燥：夏天。
• 乾燥方式：用乾燥劑乾燥。

百合　*Lilium*

美麗而備受喜愛的花，形狀像
大型喇叭，或者花瓣反彎像是土
耳其帽。色彩範圍很廣(藍色除
外)，有的是單色，有的則是有
斑點。許多都有香味。在水中非
常持久。
• 可利用期：夏天和秋天。花店
全年有售。
• 處理方式(鮮花)：直立在深水
中數小時。
• 採收乾燥：夏天和秋天。
• 乾燥方式：花：放入乾燥劑中
乾燥或以壓花器壓平。種子結
球：倒掛風乾。

百里香(麝香草)　*Thymus*

矮生灌木般的香草，其中有些
非常芳香，特別是在壓碎時。粉
紅、白、深紅、淡紫或紫色的花
開在短莖上。
• 可利用期：夏天。
• 處理方式(鮮花)：直立在深水
中數小時。
• 採收乾燥：夏天。
• 乾燥方式：倒掛風乾。

竹柏(花竹柏)　*Ruscus*

是一種珍奇的灌木，有外貌像
尖銳葉片的特化莖，在不明顯的
花開完之後，其中央簇生鮮紅色
漿果。
• 可利用期：葉：全年。漿果：
秋天。
• 處理方式(鮮花)：刮除花莖，
並從底部剪開，然後直立在深水
中數小時。
• 採收乾燥：全年。
• 乾燥方式：葉倒掛風乾或直立
在甘油中保存。

羊舌草石蠶(厚毛水蘇)
Stachys

草本植物，灰或銀色葉柔軟且被毛，淺粉紅色花長在稍高的灰色花莖上。
- 可利用期：夏天、秋天。
- 處理方式(鮮花)：直立在深水中數小時，小心不要弄濕葉片。
- 採收乾燥：夏天。
- 乾燥方式：倒掛風乾。種子結球：直立在甘油中保存。

羽毛花　*Verticordia*

平展的大型繖形花序，輪廓層次分明，很容易乾燥，爲花飾增添有趣的架構。
- 可利用期：夏天。
- 處理方式(鮮花)：從花莖底部剪開後，直立在深水中數小時。
- 採收乾燥：夏天。
- 乾燥方式：倒掛風乾。

羽衣草(斗篷草)　*Alchemilla*

小型羽毛狀的黃綠色花朵，柔軟、圓形的葉片可以盛住珍珠般的露水；相當持久。
- 可利用期：春天至初夏。
- 處理方式(鮮花)：直立放在深水中數小時。
- 採收乾燥：初夏。
- 乾燥方式：倒掛風乾。成熟的花朵：直立在甘油中保存。

羽扇豆　*Lupinus*

傳統平房庭園植物，開蝶形花塔。栽培品種繁多，色彩豐富，包括黃、藍、粉紅和橘色。帶胡椒味。在水中非常持久。
- 可利用期：夏天。
- 處理方式(鮮花)：將水注入中空的莖，再用棉花團塞住，或以沸水處理後，直立在深水中數小時。
- 採收乾燥：夏天。
- 乾燥方式：花朵個別以壓花器壓平，或放入乾燥劑乾燥。

耳蕨　*Polystichum*

這種常綠的羊齒分裂得十分細緻，看起來就像羽毛一般。葉片非常吸引人，與任何乾燥花搭配都好看。
- 可利用期：夏天。
- 處理方式(鮮花)：經沸水處理後，直立在深水中數小時。
- 採收乾燥：夏天。
- 乾燥方式：夾在報紙中放在不是通道的地毯下或壓花器中壓平。

西洋蓍草　*Achillea*

羽毛般的葉片上，開著扁平、黃色的花。有粉紅、紅色和白色品種。珠蓍開白色鈕釦狀的花。都可以長期擺放。
- 可利用期：夏天及秋天。
- 處理方式(鮮花)：將花莖底部剪開，直立放在深水中數小時。
- 採收乾燥：夏天。
- 乾燥方式：倒掛風乾，或直立的放在空花器中。

西班牙藍鈴花(圓葉鐘花)
Hyacinthoides

彎弧的莖上開著藍色鐘形花，葉片呈帶狀。另有粉紅和白色變種。芳香。
- 可利用期：春天。
- 處理方式(鮮花)：直立在深水中數小時。
- 採收乾燥：春天。
- 乾燥方式：花朵放入乾燥劑之中乾燥。

君子蘭　*Clivia*

喇叭狀的圓形花朵有紅色以及橘色。條狀、光澤、暗綠色的葉片。在水中可以維持很久。
- 可利用期：春天。
- 處理方式(鮮花)：直立放在深水中數小時。
- 採收乾燥：春天。
- 乾燥方式：乾燥劑乾燥花朵。

金合歡　*Acacia*

有芬芳黃色花朵及灰綠色細條葉片的樹木。開花的含羞草細枝適合風乾，可以保持完好的花朵原色。
- 可利用期：春天。
- 處理方式(鮮花)：刮除花莖並從底部剪開，直立在深水，並以塑膠袋覆蓋放置一天。
- 採收乾燥：春天。
- 乾燥方式：倒掛風乾。

杜鵑　*Rhododendron*

非常龐大的一族常綠灌木，成簇的黃、白、粉紅、紅和紫色花朵十分引人注目。
- 可利用期：冬天至秋天。
- 處理方式(鮮花)：刮除花莖，並從底部剪開，然後直立在深水中數小時。
- 採收乾燥：葉：全年。花：春天和夏天。
- 乾燥方式：葉：直立在甘油中保存。花：以壓花器壓平或放入乾燥劑中乾燥。

芍藥(牡丹)　*Paeonia*

草本或灌木般的植物。大型搶眼的花冠呈紅、白、黃或是粉紅色，單瓣或重瓣都有。有些品種帶有香味。
- 可利用期：夏天。
- 處理方式(鮮花)：經沸水處理後，直立在深水中數小時。
- 採收乾燥：夏天。
- 乾燥方式：可以用乾燥劑乾燥處理、倒掛風乾或將花瓣以壓花器壓平。

角罌粟　*Glaucium*

灰色的枝葉襯托著鮮黃或橘紅色薄花瓣。英文俗名取自其彎曲的長種子莢。不適合乾燥。
- 可利用期：夏天、秋天。
- 處理方式(鮮花)：直立在深水中數小時。

貝母　*Fritillaria*

大型的球根植物，其中以蛇頭貝母最爲常見，開著單獨搖曳的紫或白色格子紋路的鐘形花。皇冠貝母體的植株頗大，其在花莖頂開著一簇黃或橙紅色鐘形花，葉片狀似鳳梨。不適合乾燥。

- 可利用期：春天。
- 處理方式(鮮花)：直立在深水中數小時。

貝殼花　*Moluccella*

綠色喇叭狀莖幹中開著細小的白花。綠色的花萼在花凋謝後仍不斷持續著。在水中非常耐久。若要乾燥，應在第一朵花剛開時摘取。

- 可利用期：夏天、秋天。
- 處理方式(鮮花)：除去所有葉片，接著經沸水處理後，直立在深水中數小時。
- 採收乾燥：夏天。
- 乾燥方式：除去所有葉片，倒掛風乾或直立在甘油中保存。

袋足花　*Anigozanthos*

纖細的乳白色喇叭形狀花朵，花萼呈鐵鏽色或黃色。不適合做鮮花的花飾朵。

- 採收乾燥：秋天。
- 乾燥方式：倒掛著風乾。

刺石南　*Pernettya*

是一種開鐘形小花的低矮灌木，然而生長在花莖上成團的圓形漿果才是可以利用的花材。顏色包括：白、粉紅和紅色。全年常綠。

- 可利用期：花：夏天。漿果：秋天。
- 處理方式(鮮花)：刮除花莖，並從底部剪開，然後直立在深水中數小時。
- 採收乾燥：夏天。
- 乾燥方式：放入乾燥劑乾燥花枝。

刺芹　*Eryngium*

長滿尖刺極具裝飾性的植物，即使是花也長滿了刺。顏色主要呈藍色，但也有綠色和白色品種。有的枝條非常鬆散，有的則較緊密。

- 可利用期：夏天、秋天。
- 處理方式(鮮花)：直立在深水中數小時。
- 採收乾燥：晚夏。
- 乾燥方式：倒掛風乾或直立在甘油中保存。

卷柏(石松)　*Selaginella*

這種植物保存在加有綠色染料的甘油溶液中，可以維持其自然的鮮綠色，相當好看。石松可用作插花的基座，成束者可像葉片般使用。用於鮮花花飾時不需要處理。

- 採收乾燥：全年。
- 乾燥方式：置於籃子或盒子風乾，或以甘油中保存。

孤挺花　*Hippeastrum*

具大型百合狀花朵，綻放在高莖頂上，有白、粉紅，以及紅色、帶狀葉片，具球根，不適合乾燥處理。

- 可利用期：冬天、春天。
- 處理方式(鮮花)：將水注入中空的莖，末端以棉花團塞住，然後直立在深水中數小時。如果花梢很重，可用細棍穿進中空的莖支撐。

岩白菜(象耳蕨)　*Bergenia*

大型葉片厚實的植物，有各種粉紅色低垂的穗狀花。葉片以及花朵都很適合做鮮花的花材。不適合乾燥。

- 可利用期：花：春天。葉片：全年可用。
- 處理方式(鮮花)：直立放在深水中數小時。

松　*Pinus*

常綠針葉樹，長有成束的針狀葉及球果。適用於冬天花飾。

- 可利用期：全年。
- 處理方式(鮮花)：刮除花莖，並從底部剪開，然後直立在深水中數小時。
- 採收乾燥：任何時間。
- 乾燥方式：葉可在花飾中風乾，球果則置於籃子風乾。

油點草　*Tricyrtis*

細枝上開著有趣的白、淡紫或黃花，綴有濃密紫色斑點，生長於彎�弧長莖上。在水中持久。不適合乾燥。

- 可利用期：秋天。
- 處理方式(鮮花)：直立在深水中數小時。

狐尾草　*Eremurus*

星形花構成穗狀花序很高大，顏色有白、粉紅以及黃色。有些品種具香味。在水中能持久。

- 可利用期：夏天。
- 處理方式(鮮花)：直立在深水中數小時。
- 採收乾燥：夏天。
- 乾燥方式：花朵個別用壓花器壓平或放入乾燥劑中乾燥。

玫瑰　*Rosa*

非常大的一族灌木和攀緣植物，色彩範圍廣闊。許多都具有香味，大多數的花莖上多刺。極香的雜種茶玫瑰適合倒掛在涼爽、乾燥、陰暗的地方風乾。單瓣玫瑰和重瓣傳統玫瑰必須用乾燥劑才能得到最好的效果。如果要乾燥玫瑰，在它們盛開之前摘取。

- 可利用期：夏天和秋天。花店：全年供應。
- 處理方式(鮮花)：最好在花蕾顯現顏色時切下。去除花莖上的刺後直立在深水中數小時。
- 採收乾燥：夏天。

• 乾燥方式：倒掛風乾，放入乾燥劑中乾燥或以壓花器壓平花瓣。

玫瑰色小蘗　*Berberis*

多刺灌木，有綠色或紫色葉片，開黃色或橘色的花。紅色的漿果在秋天很實用。不適合乾燥。

• 可利用期：葉片：春天到秋天，有部分全年都有。花：春天。漿果：秋天。
• 處理方式(鮮花)：摘除較低的刺，刮除花莖，並從底部剪開，然後直立放在深水中數小時。

花土當歸　*Astrantia*

外形精細，綠白夾雜的花朵，就像小花束一樣。有粉紅色及紅色兩種，都是長到中等高度，有漂亮的葉子。插在水中可以較為持久。在花飾中可與夾竹桃和千鳥草搭配。

• 可利用期：夏天、秋天。
• 處理方式(鮮花)：直立放在深水中數小時。
• 採收乾燥：夏天。
• 乾燥方式：倒掛風乾。

花燭(畫盤花燭)　*Anthurium*

進口的溫室植物，有心形的葉片和會開稀有圓柱形花朵的鮮明心形苞片。各式各樣的顏色及外形多達500種。在冬天時非常持久，不適合乾燥。

• 可利用期：夏天；花店全年都有。
• 處理方式(鮮花)：放在深水中數小時。

芸香(臭芙蓉)　*Ruta*

灌木般的香草，葉片有深裂，藍灰色、非常芳香。花黃色，但不常使用。

• 可利用期：夏天、秋天。
• 處理方式(鮮花)：從花莖底部

剪開，直立在深水中數小時。
• 採收乾燥：全年。
• 乾燥方式：葉片以壓花器壓平。

虎耳草　*Escallonia*

後期開花的灌木，彎曲的莖覆蓋成簇星形花，呈現粉紅、紅和白色等色調。常綠葉片有光澤。在水中相當耐久。

• 可利用期：夏末和秋天。
• 處理方式(鮮花)：刮除花莖，並從底部剪開，然後直立在深水中數小時。
• 採收乾燥：夏天和秋天。
• 乾燥方式：花：放入乾燥劑中乾燥或用壓花器壓平。葉：直立在甘油中保存。

金光菊(雙色松果菊、黑心菊)　*Rudbeckia*

鮮黃、橘和褐色雛菊狀花生長在粗糙的長莖上。單瓣或重瓣。在水中能持久。不適合乾燥。

• 可利用期：夏末和秋天。
• 處理方式(鮮花)：經沸水處理後，直立在深水中數小時。

金花石蒜　*Nerine*

秋天的球根植物，開成簇粉紅色喇叭狀花。在水中非常持久。

• 可利用期：秋天。
• 處理方式(鮮花)：直立在深水中數小時。
• 採收乾燥：秋天。
• 乾燥方式：花朵個別放入乾燥劑乾燥。

金雀兒　*Cytisus*

被許多豆狀花朵所遮蓋的灌木，有白色、黃色、橘色、粉紅色，以及紅色。

• 可利用期：春天。
• 處理方式(鮮花)：將花莖從底部剪開，然後以沸水處理過枝莖，再直立放在深水中數小時。

• 採收乾燥：春天。
• 乾燥方式：花莖(等花朵枯萎後)：倒掛風乾或放在甘油中乾燥。花：以乾燥劑乾燥。

金魚草　*Antirrhinum*

一年生的花壇植物，傳統外形的品種，有各種顏色，除了藍色。現代改良的品種較適合使用於花飾。在水中無法太持久，不適合乾燥。

• 可利用期：夏天。
• 處理方式(鮮花)：放在深水中數小時。

金絲桃　*Hypericum*

開盤狀金黃色花的灌木和亞灌木。有若干優良的結果實品種，包括連翹(*H. calycinum*)。

• 可利用期：夏天、秋天。
• 處理方式(鮮花)：從花莖底部剪開，然後直立在深水中數小時。嫩枝以沸水處理。
• 採收乾燥：夏天和秋天。
• 乾燥方式：花朵個別使用壓花器壓平。

金絲梅　*Trollius*

黃或橘色花類似大型的重瓣金鳳花。

• 可利用期：夏天。
• 處理方式(鮮花)：經沸水處理後，直立在深水中數小時。
• 採收乾燥：秋天。
• 乾燥方式：葉以壓花器壓平，花則放入乾燥劑中乾燥。

金盞花　*Calendula*

耐寒的一年生植物，有鮮黃色或橘色的花朵。傳統的鄉間野花，在水中相當持久。

• 可利用期：夏天。
• 處理方式(鮮花)：直立放在深水中數小時。
• 採收乾燥：夏天。
• 乾燥方式：放置在溫暖的櫥櫃

或爐子中倒掛風乾。花朵個別製成壓花。

金銀花(忍冬) *Lonicera*

眾所周知且備受喜愛的攀緣植物，長有香味濃郁的花，在夜間尤其強烈。具備多種色彩，包括黃、橘及紅色。另外還有葉片有斑點的品種。剪下後在水中無法持久。

- 可利用期：夏天、秋天。
- 處理方式(鮮花)：直立在深水中數小時。
- 採收乾燥：夏天和秋天。
- 乾燥方式：花以壓花器壓平。

金鳳花 *Ranunculus*

除了本地的黃色品種外，還有其他許多較大的重瓣、色彩明亮的品種。

- 可利用期：夏天。花店：幾乎全年有販售。
- 處理方式(鮮花)：直立在深水中數小時。
- 採收乾燥：初夏。
- 乾燥方式：用乾燥劑乾燥或倒掛風乾。單瓣品種以壓花器壓平。

金蓮花 *Tropaeolum*

一年生攀緣植物，開亮橘或紅色喇叭形花。較畏寒的品種冬天需要保護。在水中能持久。

- 可利用期：夏天、秋天。
- 處理方式(鮮花)：直立在深水中數小時。
- 採收乾燥：夏天和秋天。
- 乾燥方式：葉片和花朵個別以壓花器壓平。

金縷梅 *Hamamelis*

落葉灌木，花由成簇細長條狀的黃色花瓣組成，開在光禿的枝條上，氣味芳香。秋天的葉片可用於壓花藝術中。

- 可利用期：冬末。

- 處理方式(鮮花)：刮除花莖，並從底部剪開，然後直立在深水中數小時。
- 採收乾燥：秋天。
- 乾燥方式：葉片個別利用壓花器壓平。

金雞菊 *Coreopsis*

黃色雛菊般的花朵，深黃色的花蕊。它們通常有細長的花莖，以及呈分裂狀的葉片。有各種黃色的品種和不同的大小的花苞和高度可供選擇。

- 可利用期：夏天。
- 處理方式(鮮花)：直立放在深水中數小時。
- 採收乾燥：夏天。
- 乾燥方式：製成壓花，或以乾燥劑乾燥。

金鏈花 *Laburnum*

黃色蝶形花穗下垂的喬木。種子有劇毒。

- 可利用期：初夏。
- 處理方式(鮮花)：莖以沸水處理後，直立在深水中數小時。
- 採收乾燥：夏天。
- 乾燥方式：花朵個別以壓花器壓平。

長春花(時鐘花) *Vinca*

常綠蔓生灌木，花呈藍、淡紫或白色。分枝長春花(*V. difformis*)在仲冬開白或淺藍色花。

- 可利用期：冬天、春天和夏天。
- 處理方式(鮮花)：直立在深水中數小時。
- 採收乾燥：冬天至夏天。
- 乾燥方式：以壓花器壓平花，或放入乾燥劑中乾燥。

附子 *Aconitum*

開高大、深藍色的穗狀花，也有淺藍色、白色、乳白色的品種。有毒。

- 可利用期：夏天及秋天。
- 處理方式(鮮花)：沸水處理，或是將花莖直立放在深水中數小時。
- 採收乾燥：夏天。
- 乾燥方式：倒吊風乾。

青籬竹 *Arundinaria*

細長的枝莖配上雜草般的葉片，很少開花。竹子很容易乾燥，葉片會轉變為藍綠色。

- 可利用期：一年四季。
- 處理方式(鮮花)：以加醋的沸水中浸泡約兩到三分鐘以防葉片捲曲，直立在深水中數小時。
- 採收乾燥：夏天。
- 乾燥方式：直立於空瓶風乾，或鋪平乾燥，也可以直立放在甘油中保存。

非洲菊(太陽花) *Gerbera*

色彩鮮明的雛菊狀花朵，顏色有奶油、黃、橙、紅、粉紅或是紫色。嬌柔、搶眼。在水中能持久。不適合乾燥。

- 可利用期：花店全年有售。
- 處理方式(鮮花)：莖以沸水處理後，直立在深水中數小時。

非洲菫 *Saintpaulia*

極受歡迎的室內植物，葉暗綠色、被毛：藍或紫色的花著生於短莖上。在水中相當持久。

- 可利用期：全年。
- 處理方式(鮮花)：直立在深水中數小時。
- 採收乾燥：全年。
- 乾燥方式：花朵以壓花器壓平。

前胡 *Peucedanum*

開有平展的白、黃或粉紅色花冠。

- 可利用期：夏天。
- 處理方式(鮮花)：直立在深水中數小時。

• 採收乾燥：夏天。
• 乾燥方式：倒掛風乾或直立在甘油中保存種子結球。

南澳雛菊　*Ixodia*

乳白色蠟質小雛菊，花冠極可愛。乾燥後仍顯得新鮮。在花飾中它們能和各種傳統「鄉村」或林地風巧妙融合。
• 可利用期：夏天。
• 處理方式(鮮花)：直立在深水中數小時。
• 採收乾燥：夏天。
• 乾燥方式：倒掛風乾。

染匠帚(金雀兒)　*Genista*

彎弧枝條上開著黃色蝶形花。有些品種散發濃郁芳香。在水中能持久。
• 可利用期：初夏。
• 處理方式(鮮花)：刮除花莖，並從底部剪開，然後直立在深水中數小時。
• 採收乾燥：夏天。
• 乾燥方式：莖(等花枯萎後)：倒掛風乾或直立在甘油中保存。花：以乾燥劑乾燥。

柳杉(日本香柏)　*Cryptomeria*

常綠的針葉植物，冬天時有青銅色的羽狀葉片，春天時有明亮的綠色葉片。種類繁多。
• 可利用期：全年
• 處理方式(鮮花)：刮除花莖，並從底部剪開，然後直立放在深水中數小時。
• 採收乾燥：夏天
• 乾燥方式：直接使用於花飾，或以直立於甘油中乾燥。球果放在籃子裡風乾。

柳葉菜　*Epilobium*

開有暗玫瑰紅色花塔的野生或庭園植物。有些種類的花莖非常高。野生種如果長在庭園內可能構成威脅。

• 可利用期：夏天。
• 處理方式(鮮花)：經沸水處理後，直立在深水中數小時。採摘後若不直接處理即會枯萎。
• 採收乾燥：夏天。
• 乾燥方式：花朵個別使用壓花器壓平。

省沽油　*Staphylea*

落葉灌木，夏天開成簇有香味的白花，而後結為奇特的半透明蒴果，像是充了氣似的。不適合乾燥。
• 可利用期：花：夏天。蒴果：秋天。
• 處理方式(鮮花)：刮除花莖，並從底部剪開，然後直立在深水中數小時。

紅果樹　*Stranvaesia*

半落葉灌木，其即將脫落的紅葉，與仍留在植株上的綠葉形成強烈對比。這種對比還因成簇的漿果而更加引人注目。全都不適合乾燥。
• 可利用期：秋天。
• 處理方式(鮮花)：刮除花莖，並從底部剪開，然後直立在深水中數小時。

紅松梅(茶樹)　*Leptospermum*

普遍栽種生長於溫暖環境中的紐西蘭灌木。枝條上開成團的白色、粉紅色或紅色小花。
• 可利用期：夏天。
• 處理方式(鮮花)：刮除花莖，並從底部剪開，然後直立在深水中數小時。
• 採收乾燥：夏天。
• 乾燥方式：花莖直立在裝有少量水的容器中風乾。

紅花(紅藍花)　*Carthamus*

當橘色花瓣開始展露時，就是摘取下來製作乾燥花的最好時機。花朵的顏色相當豔麗，如果

搭配得宜，可以有出色的表現。紅花的花莖上半部的葉子也可以拿來乾燥，是做為花朵最好的陪襯。
• 可利用期：夏天。
• 處理方式(鮮花)：放在深水中數小時。
• 採收乾燥：夏天。
• 乾燥方式：倒掛風乾。

紅花百合(火箭花、火炬花)　*Kniphofia*

高大直立的花莖上開著華麗的紅、橙或黃色花穗。它們在水中並不持久。
• 可利用期：夏天、秋天。
• 處理方式(鮮花)：直立在深水中數小時。
• 採收乾燥：夏天和秋天。
• 乾燥方式：花朵個別放入乾燥劑中乾燥。

紅星杜鵑花　*Azalea*

杜鵑花(*Rhododendron*)的一種，有豔麗的花朵。可以做為切花或小棵的花材，種在盆栽內供人欣賞。品種繁多：有些特別芬芳。花朵在水中無法持久。
• 可利用期：春天，盆栽在冬天還可以存活。
• 處理方式(鮮花)：刮除花莖，並將它從底部剪開。再以沸水處理過花莖，然後直立放在深水中數小時。
• 採收乾燥：春天。
• 乾燥方式：花朵個別製成壓花。

紅莧菜　*Amaranthus*

半耐寒的一年生植物，長條的深紅色花朵；也有綠色品種，很持久。
• 可利用期：夏天、秋天。
• 處理方式(鮮花)：摘掉所有葉片，直立放在深水中數小時。
• 採收乾燥：夏天

• 乾燥方式：倒掛風乾，或直立
放在空花瓶中，也可以直立放在
甘油中。如果以倒掛方式風乾，
流蘇般的花朵會乾燥成直的。因
此爲達到垂掛效果，它們最好以
直立方式風乾。

美國薄荷　*Monarda*

輪生的紅、粉紅或白色花朵像
是從莖頂的針墊上冒出。壓碎的
葉片香味濃郁。
• 可利用期：夏天、秋天。
• 處理方式（鮮花）：直立在深水
中數小時。
• 採收乾燥：夏天和秋天。
• 乾燥方式：花倒掛風乾。

耶路撒冷鼠草　*Phlomis*

輪生的黃色鼠尾草狀花朵配著
柔軟毛茸的葉片。葉片並不很持
久。在黃花剛開放時摘取。
• 可利用期：夏天。
• 處理方式（鮮花）：從花莖底部
剪開，直立在深水中數小時。
• 採收乾燥：夏天。
• 乾燥方式：倒掛風乾。

胡頹子　*Elaeagnus*

葉片具觀賞價值的常綠灌木。
刺胡頹子（*E. pungens* 'Maculata'）
和金葉胡頹子（*E.* ×*ebbingei* 'Gilt
Edge'）擁有出色的金及綠色葉
片。要保存時，將綠色染料加入
甘油中以「助長」色彩。
• 可利用期：全年。
• 處理方式（鮮花）：鎚擊木質莖
後，直立在深水中數小時。
• 採收乾燥：夏天。
• 乾燥方式：直立在甘油中保
存。

苦艾草　*Artemisia*

這種銀灰色觀葉植物的長莖很
珍貴，花朵不太有用，除了珍珠
菜（*A. lactiflora*）有綠葉加上一簇
簇乳白的小花之外。在冬天能長

時間持久。
• 可利用期：夏天、秋天。
• 處理方式（鮮花）：將花莖從底
部剪開，以沸水處理後，直立放
在深水中數小時。
• 採收乾燥：夏天。
• 乾燥方式：倒掛風乾。

風信子　*Hyacinthus*

球根植物，具有極芳香的藍
色、白色和粉紅色花穗。
• 可利用期：春天。如果催花，
冬天亦有。
• 處理方式（鮮花）：直立在深水
中數小時。用鐵絲支撐花莖。
• 採收乾燥：春天。
• 乾燥方式：花朵個別放入乾燥
劑中乾燥。

風鈴草（廣口鐘花）
Campanula

品種繁多的藍色花朵，從短莖
到高大的花莖，較矮株的有單獨
的花鈴，高大型的有整排的花穗
花材。外表看起來非常清爽。有
白色品種，在水中可以持久。
• 可利用期：夏天。
• 處理方式（鮮花）：直立放在深
水中數小時，如果屋內沒有蜜
蜂，可以更加持久。
• 採收乾燥：夏天。
• 乾燥方式：製作成壓花。

飛燕草　*Delphinium*

中心是暗色或白色的具距藍花
所構成色調多變的高塔。另外有
白、粉紅和紫色變種。目前已培
養出矮生種。最適合在陰涼、乾
爽的地方乾燥，在花開三分之二
時採摘。
• 可利用期：夏天，有時在秋天
還有第二批。
• 處理方式（鮮花）：用棉花團塞
住中空的莖，然後直立在深水中
數小時。
• 採收乾燥：夏天。

• 乾燥方式：以倒掛風乾，或直
立在裝盛有少量水的容器風乾（除
去葉片）。花朵和小枝葉則可以個
別放入壓花器中壓平。

凌風草（銀鱗草）　*Briza*

優雅的茅草，有下垂而密實的
花穗，很容易隨風擺動。新鮮時
呈淺綠色，與其他外形相似的草
本植物不太一樣。能持久，在花
飾中是不錯的填補花材。
• 可利用期：夏天、秋天。
• 處理方式（鮮花）：不需要。
• 採收乾燥：夏天。
• 乾燥方式：直立放在空瓶內直
立著風乾。

唐松草　*Thalictrum*

植株高大、蓬鬆的黃、淡紫或
紫色花開在細枝上。優雅的葉片
有細裂，呈綠、灰綠或藍綠色。
• 可利用期：夏天。
• 處理方式（鮮花）：若正在枯
萎，以沸水處理，然後直立在深
水中數小時。
• 採收乾燥：夏天。
• 乾燥方式：倒掛風乾，以壓花
器壓平花和葉，或將花放入乾燥
劑中乾燥。

唐棕櫚（矮扇棕櫚）
Chamaerops

沒有樹幹的棕櫚樹，葉子呈扇
形大約12-15片，葉柄多刺。切割
下來後可以維持很久。
• 可利用期：全年。
• 處理方式（鮮花）：直立放在深
水中數小時。
• 採收乾燥：全年。
• 乾燥方式：倒掛風乾。

拳參（蛇草）　*Polygonum*

小或中等的花莖上生著粉紅或
紅色花。當它們轉為褐色時，仍
然很好看。在水中能持久。
• 可利用期：夏天、秋天。

- 處理方式(鮮花):先將之以沸水處理後,再直立在深水中數個小時。
- 採收乾燥:秋天。
- 乾燥方式:在植株上乾燥。

桂竹香(香紫羅蘭)
Cheiranthus

有名的香紫羅蘭,除了藍色之外,各式各樣的顏色都有。它們有濃郁香味,並且能在水中維持很久。
- 可利用期:春天。
處理方式(鮮花):將花莖從底部剪開,然後直立放在深水中數小時。如果有需要再以沸水處理過。
- 採收乾燥:春天。
- 乾燥方式:製成壓花。

桔梗　Platycodon

英文俗名稱做氣球花,因為其花蕾呈現有趣的形狀,就像膨脹的氣球。鮮藍色的花本身則類似綻放的大型風鈴草。另外也有白色品種。
- 可利用期:夏天。
- 處理方式(鮮花):先將之以沸水處理後,再直立在深水中數個小時。
- 採收乾燥:夏天。
- 乾燥方式:將綻開的花朵以壓花器壓平,或將之放入乾燥劑中乾燥。

柴胡　Bupleurum sp.

這種柔嫩、半常綠的澳洲植物,不論是綠色的葉片或是白色的小花穗,都是花飾中最佳的背景花材。
- 可利用期:夏天、秋天。
- 處理方式(鮮花):將花莖從底部剪開,然後直立放在深水中數小時。
- 採收乾燥:夏季中期至晚期。
- 乾燥方式:倒掛風乾。

桃李屬(油桃、櫻桃、桃花、梅花)　Prunus

開粉紅或白花的喬木或灌木。許多變種有重瓣花。有些非常早開花。在水中只能持續數天。
- 可利用期:主要在春天,但是冬天也有。
- 處理方式(鮮花):刮除花莖,並從底部剪開,接著經沸水處理後直立在深水中數小時。
- 採收乾燥:春天。
- 乾燥方式:做成花糖,以壓花器壓平或放入乾燥劑中乾燥。

桃葉珊瑚(斑點月桂樹)
Aucuba

灌木,它一年四季都有碧綠光亮的葉片,非常實用,而且品種不少。母株甚至有鮮紅色的漿果。不適合乾燥。
- 可利用期:葉片:一年四季。漿果:秋天和冬天。
- 處理方式(鮮花):將花莖從底部剪開,然後直立放在深水中數小時。

海角珠翠花　Lachenalia

畏寒的球根植物,穗狀花序由許多鐘形黃、橘和紅色花朵構成。一般生長在溫室裡。在水中能持久。
- 可利用期:冬天和春天。
- 處理方式(鮮花):直立在深水中數小時。
- 採收乾燥:冬天。
- 乾燥方式:花朵個別以壓花器壓平或放入乾燥劑中乾燥。

海桐　Pittosporum

常綠灌木,有光澤的葉片可以利用。有雜色以及紫色品種。在水中持久。
- 可利用期:全年。
- 處理方式(鮮花):刮除花莖,並從底部剪開,然後直立在深水中數小時。

- 採收乾燥:全年。
- 乾燥方式:直立在甘油中保存。

秘魯百合　Alstroemeria

細長的花莖上開有喇叭狀粉紅、紅色、橘色、黃色、白色的花。種子莢很美,持久性適中。
- 可利用期:夏天:花店全年都有。
- 處理方式(鮮花):直立放在深水中數小時。
- 採收乾燥:夏天。
- 乾燥方式:種子結球以倒掛風乾,花朵則以乾燥劑乾燥。

粉粧花　Clarkia

容易生長的一年生植物,色彩明亮,外形如縐紋紙捲成的漏斗狀的花朵。有粉紅色、紅色、紫色、橘色、白色。有些是雙花苞或半雙花苞。葉子不足取,切花可以在水中維持很久。
- 可利用期:晚春、夏天、秋天。
- 處理方式(鮮花):以沸水處理過花莖,然後直立放在深水中數小時。
- 採收乾燥:夏天。
- 乾燥方式:以乾燥劑乾燥花朵。

紙莎草(輪傘草)　Cyperus

葉子般的花苞,從花莖的頂部呈輻射狀散開。盆栽類植物,但花莖可以剪下來,在水中可以維持很久朵。
- 可利用期:夏天。
- 處理方式(鮮花):直立放在深水中數小時。
- 採收乾燥:春天。
- 乾燥方式:倒掛著風乾。

荊芥　Nepeta

襯托著灰色葉片,淺藍或淡紫色花朵生長在迎風的莖幹上。葉

片芳香，尤其在壓碎時。在水中相當持久。
- 可利用期：夏天。
- 處理方式(鮮花)：直立在深水中數小時。
- 採收乾燥：夏天。
- 乾燥方式：倒掛風乾。

草玉鈴　Convallaria

充滿魅力、纖細的白色鐘鈴狀小花簇，香味宜人。有粉紅色品種可供選擇。是很好的背景花材，在水中可以持久。
- 可利用期：春天，也可以一年四季都開花。
- 處理方式(鮮花)：直立放在深水中數小時。
- 採收乾燥：春天。
- 乾燥方式：壓花或以乾燥劑乾燥。

草莓樹　Arbutus

特殊的樹木，白色的小花及前一年的漿果會同時出現。果實看起來很像草莓，不適合乾燥。
- 可利用期：秋末。
- 處理方式(鮮花)：刮除花莖，並將它從底部剪開，直立放在深水中數小時。

茴香　Foeniculum

茴香細緻的種子構造，乾燥時頗類似蒔蘿，可利用其羽毛般的質感。
- 可利用期：夏天。
- 處理方式(鮮花)：經沸水處理後，直立在深水中數小時。
- 採收乾燥：夏天。
- 乾燥方式：倒掛風乾或將種子結球直立在甘油中保存。

豹毒花　Doronicum

首先在春天綻放的金黃色雛菊，似乎總是散發著清新氣息。另有重瓣品種。
- 可利用期：春天。

- 處理方式(鮮花)：直立在深水中數小時。
- 採收乾燥：春天。
- 乾燥方式：花用壓花器壓平。

迷迭香　Rosmarinus

常綠灌木，小型針狀灰色葉片壓碎時氣味芳香。淡藍色花。
- 可利用期：葉：全年。
- 處理方式(鮮花)：將花莖從底部剪開，然後直立在深水中數小時。
- 採收乾燥：全年。
- 乾燥方式：倒掛風乾或直立在甘油中保存。

針葉樹　Conifers

品種眾多的常青樹及灌木，可以全年提供裝飾性的花材。有些球果也可以拿來裝飾。
- 可利用期：全年。
- 處理方式(鮮花)：將花莖從底部剪開，然後直立放在深水中數小時。
- 採收乾燥：全年。
- 乾燥方式：直接使用在花飾中，或者直立在甘油中乾燥。

除蟲菊　Pyrethrum

雛菊狀花朵色彩明亮：有紅、粉紅和白色。羽狀葉。在水中相當持久。
- 可利用期：夏天、秋天。
- 處理方式(鮮花)：直立在深水中數小時。
- 採收乾燥：夏天和秋天。
- 乾燥方式：以壓花器壓平或放入乾燥劑中乾燥。

馬栗樹　Aesculus

長有黏性花苞並在水中開花，長出新嫩葉片的樹木。棕色、發亮的果實一般稱為「板栗」。大型葉子與一簇簇成熟的果實搭配，在大型的花飾中非常出色。不適合乾燥使用。

- 可利用期：花苞在春天，漿果在秋天。
- 處理方式(鮮花)：刮除花莖，並從底部剪開，直立放在深水中數小時。

馬醉木　Pieris

常綠灌木，大群草玉鈴花朵倒掛成串。發亮的嫩葉在春天呈現紅色。不適合乾燥。
- 可利用期：春天。
- 處理方式(鮮花)：刮除花莖，並從底部剪開，然後直立在深水中數小時。嫩枝以沸水處理。

馬蹄蓮(水芋百合)
Zantedeschia

純白色折疊的喇叭形花，中心有條長穗。大型葉片有光澤。有些人認為它們是屬於葬禮時使用的。也有粉紅和黃色品種。不適合乾燥。
- 可利用期：春天和初夏。
- 處理方式(鮮花)：直立在深水中數小時。

馬鞭草　Verbena

一大群一年生和多年生植物，主要有粉紅、淡紫和紫色。有的莖短，但有的極高玻那璃馬鞭草(V. bonariensis)。有些品種具香味。在水中非常持久。
- 可利用期：夏天、秋天。
- 處理方式(鮮花)：直立在深水中數小時。
- 採收乾燥：夏天和秋天。
- 乾燥方式：花朵個別使用壓花器壓平。

桉樹　Eucalyptus

常綠的銀灰色葉片極具觀賞價值，其非常輕快的白色花朵用於花飾，十分容易引人注目。在水中持久。
- 可利用期：葉：全年。花：秋末、初冬。

• 處理方式(鮮花):刮除花莖，並從底部剪開，然後直立在深水中數小時。
• 採收乾燥:夏天。
• 乾燥方式:倒掛風乾或直立在甘油中保存。

婆婆納　Hebe

一群主要產於紐西蘭的常綠灌木，濃密的穗狀花序開著藍、白或粉紅色花朵。有些具香味。少數品種耐寒;其餘的在冬天需要保護。
• 可利用期:夏天、秋天。
• 處理方式(鮮花):刮除花莖，並從底部剪開，接著經沸水處理後，直立在深水中數小時。
• 採收乾燥:夏天和秋天。
• 乾燥方式:葉片直立在甘油中保存。

宿根豌豆(香豌豆、麝香豌豆)
Lathyrus

宿根豌豆因為外貌優雅、氣味清新而備受喜愛。現有大量栽培品種可供選擇。它們並非全都有香味。長莖的花在水中相當持久。另有許多多年生品種但缺乏香味，且顏色範圍有限。不適合乾燥。
• 可利用期:夏天。
• 處理方式(鮮花):直立在深水中數小時。

常春藤　Hedera

攀緣觀葉植物，葉片獨特，其尺寸及花紋變異相當大。有許多雜色的品種。能持久。也可種植為盆栽。保存時加少許綠色染料在甘油中可維持色彩。
• 可利用期:全年。
• 處理方式(鮮花):從花莖底部剪開，然後直立在深水中數小時。嫩枝以沸水處理。
• 採收乾燥:全年。
• 乾燥方式:用壓花器壓平或直

立在甘油中保存。

彩葉芋　Caladium

嬌嫩的盆栽植物，葉片可供觀賞。大片心型葉子與葉脈呈對比色彩。葉片夾雜著綠色、白色、乳白或淺粉紅。它們在採收後無法持久。不適合乾燥。
• 可利用期:夏天
• 處理方式(鮮花):在使用前將葉片浸泡在水中數小時。

接骨木　Sambucus

落葉灌木，綻放成簇白花構成大型平展的花冠。許多品種具備有趣的葉片，可能呈紫色、金色或是雜色狀。有些則有非常細裂的葉片。
• 可利用期:花:春天。葉:春天至秋天。漿果:秋天。
• 處理方式(鮮花):刮除花莖，並從底部剪開，接著經沸水處理後，直立在深水中數小時。
• 採收乾燥:夏天。
• 乾燥方式:葉以壓花器或是夾在報紙中，放在不是通道的地毯下壓平。

排香　Lysimachia

鮮黃色杯形花構成穗狀花序，襯托著葉片的花朵繁茂輪生成花穗。在水中相當持久。
• 可利用期:夏天。
• 處理方式(鮮花):直立在深水中數小時。
• 採收乾燥:夏天。
• 乾燥方式:花朵以壓花器壓平。

晚香玉(月下光)　Polianthes

開白色花的球根植物，香味非常濃烈。
• 可利用期:夏天。花店全年都有販售。
• 處理方式(鮮花):直立在深水中數小時。

• 採收乾燥:夏天。
• 乾燥方式:花朵個別放入乾燥劑中乾燥。

梯葉花蔥　Polemonium

白或藍色盤狀花所構成的穗狀花序。
• 可利用期:晚春和夏天。
• 處理方式(鮮花):直立在深水中數小時。
• 採收乾燥:春天和夏天。
• 乾燥方式:花和葉使用壓花器壓平。

梨　Pyrus

春天開美麗白花的喬木，秋天結黃或綠色果實。不適合乾燥。
• 可利用期:花:春天。果實:秋天。水果商全年供應。
• 處理方式(鮮花):刮除花莖，並從底部剪開，然後直立在深水中數小時。自家栽植的果實較能持久。

球子蕨(莢果蕨)　Matteucia

這種生長得像羽毛球般的美麗羊齒，其乾燥葉片可以像新鮮羊齒使用。
• 可利用期:夏天。
• 處理方式(鮮花):嫩枝以沸水處理過，然後直立在深水中數小時。
• 採收乾燥:夏天。
• 乾燥方式:鋪平風乾或是夾在報紙中，放在不是通道的地毯中壓平。

瓶刷子樹　Callistemon

半耐寒的柔嫩澳洲樹木，有豔麗的紅色或黃色花朵，雄蕊的穗狀外形貌似瓶刷。紅千層在任何的乾燥花飾中，都可提供最搶眼的紅色朵。
• 可利用期:夏天。
• 處理方式(鮮花):刮除花莖，從底部剪開，然後直立放在深水

中數小時。
- 採收乾燥：夏天。
- 乾燥方式：倒掛風乾。

甜栗樹　*Castanea*

完美的大型葉片；絨毛般的黃色花朵(有些味道可能不太好聞)，還有淡綠色帶刺的果實，以及有光澤的棕色栗子。
- 可利用期：葉片：春天和夏天。花朵：夏天。果實及栗子：秋天。
- 處理方式(鮮花)：刮除花莖，並從底部剪開，然後直立放在深水中數小時。將栗子打蠟上光。
- 採收乾燥：春天和夏天。
- 乾燥方式：直立在甘油中乾燥。

莢蒾　*Viburnum*

常綠及落葉灌木，開白或粉紅色花，氣味通常十分濃烈。不適合保存。
- 可利用期：冬天、春天和秋天。
- 處理方式(鮮花)：除去雪球莢蒾(*V.opulus*)所有葉片。刮除花莖，並從底部剪開，然後直立在深水中數小時。以沸水處理所有幼嫩的葉片或開花的莢蒾。

荷包牡丹　*Dicentra*

開著心形花的優美彎弧小枝條上長有羊齒狀的葉片。花有粉紅或白色。在水中能持久。
- 可利用期：春天、夏天。
- 處理方式(鮮花)：直立在深水中數小時。
- 採收乾燥：春天和夏天。
- 乾燥方式：花朵個別以壓花器壓平，或放入乾燥劑中乾燥。

蛇麻子(啤酒花)　*Humulus*

花有綠色苞片。最好在頭狀花成熟前摘取，不然它們乾燥後會跌碎。蛇麻子一旦乾燥後很快便

會褪色。
- 可利用期：夏天。
- 處理方式(鮮花)：將花莖從底部剪開，然後直立在深水中數小時。
- 採收乾燥：初秋。
- 乾燥方式：倒掛風乾或直立在甘油中保存。

連翹　*Forsythia*

黃色星形花恰好在葉子長出來之前綻放的灌木。可在冬天修剪以催促其提前開花。在水中相當持久。
- 可利用期：春天；如果催花的話，冬天也有。
- 處理方式(鮮花)：刮除花莖，並從底部剪開，然後直立在深水中數小時。催促的花以沸水處理。
- 採收乾燥：春天。
- 乾燥方式：花朵個別以壓花器壓平或以乾燥劑乾燥。

雪茄花　*Cuphea*

小型垂管狀的花朵，有不同種類的鮮紅和黃色。適合小型的花飾，不適合乾燥。
- 可利用期：夏天。溫室：全年。
- 處理方式(鮮花)：直立放在深水中數小時。

雪莓　*Symphoricarpos*

落葉灌木，不顯眼的粉紅色花結成白色漿果，留在光禿的長莖上。不適合乾燥。
- 可利用期：秋天和冬天。
- 處理方式(鮮花)：刮除花莖，並從底部剪開，然後直立在深水中數小時。

雪輪　*Silene*

這種庭園中優雅的淺粉紅色小花，乾燥後仍顯得非常清新。
- 可利用期：夏天。

- 處理方式(鮮花)：直立在深水中數小時。
- 採收乾燥：夏天。
- 乾燥方式：倒掛風乾或以壓花器壓平花。

雪耀百合　*Chionodoxa*

短短的球莖上會長出如繁星點點、輕巧的小花，有藍色或是粉紅色，花喉處呈白色。
- 可利用期：春天。
- 處理方式(鮮花)：直立放在深水中數小時。
- 採收乾燥：春天。
- 乾燥方式：製成壓花。

普羅帝亞　*Protea*

畏寒灌木，大型花冠形狀各異，有粉紅、紅、白、黃、橙和紫色。它們在水中非常持久。若要乾燥，在花蕾剛綻放時摘取；可使用橡皮筋防止花開得太過。
- 可利用期：花店全年供應。
- 處理方式(鮮花)：刮除花莖，並從底部剪開，然後直立在深水中數小時。
- 採收乾燥：夏天。
- 乾燥方式：倒掛風乾。

景天(佛甲草)　*Sedum*

多汁的肉質植物，紅、粉紅或是淡紫色的花冠平展。有體型較小的品種，開白或黃色花。不適合乾燥。
- 可利用期：秋天。
- 處理方式(鮮花)：直立在深水中數小時。

無花果(印度橡膠樹)　*Ficus*

觀葉植物，光滑的革質葉片形狀各異。有些可切下來使用。不適合乾燥。
- 可利用期：全年。
- 處理方式(鮮花)：先將之以沸水處理後，再直立在深水中數個小時。

無莖薊花(刺苞朮) *Carlina*

這些美麗但有毒性的大型球薊花，直徑約10-15公分，是乾燥花當中最壯觀的。雖然外形看來豪放，但不論是正式或隨興的花飾都適用。多刺的特性使它不適用於鮮花的花飾。

• 採收乾燥：秋天。
• 乾燥方式：最好放在空瓶內風乾。

番紅花 *Crocus*

小型球根植物，花的形狀類似酒杯。顏色從乳白、亮橘色、藍色、到淺紫色。也有秋天的品種，在乾燥前，必須先用鐵絲固定好每朵花。

• 可利用期：冬末、春天和秋天。
• 處理方式(鮮花)：直立放在深水中數小時。
• 採收乾燥：初春。
• 乾燥方式：以乾燥劑乾燥。

童箭菊 *Catananche*

細細的花莖上，開淡藍色花瓣和深色的花蕊，花萼很薄。在水中可以維持很久，乾燥花也一樣。

• 可利用期：夏天、秋天。
• 處理方式(鮮花)：直立放在深水中數小時。
• 採收乾燥：夏天。
• 乾燥方式：可以倒掛風乾或製成壓花，也可以用乾燥劑乾燥處理。

筋骨草 *Ajuga*

短莖匍匐性植物，開藍色的穗花狀。有各式各樣的粉紅色花穗，以及色彩多變的葉片。持久性適中，可以做為中型花飾，不適合乾燥。

• 可利用期：春天及夏天。
• 處理方式(鮮花)：直立放在深水中數小時。

紫丁香(洋丁香) *Syringa*

落葉灌木，芳香的花朵構成的大型穗狀花序，呈現白色和多變的淡紫和紫色調。

• 可利用期：春天。
• 處理方式(鮮花)：摘除所有葉片。刮除花莖，並從底部剪開，接著經沸水處理後，直立在深水中數小時。
• 採收乾燥：春天。
• 乾燥方式：將花冠分成小部分，再放入乾燥劑中乾燥。

紫杉(紅豆杉) *Taxus*

常綠針葉樹，暗綠色狹窄的葉。秋天結引人注目的黏稠紅色漿果。有人認為將它帶回家是不吉利的。在水中非常持久。紫杉適於乾燥、不會下垂，可做為全年展示的葉簇。

• 可利用期：葉：全年。
• 處理方式(鮮花)：刮除花莖，並從底部剪開，然後直立在深水中數小時。
• 採收乾燥：全年。
• 乾燥方式：在花飾中由新鮮而漸趨乾燥，也可倒掛或直立在裝有少量水的容器中風乾。

紫苑 *Aster*

各式各樣高大，色彩明亮的雛菊。有各種不同栽種方法，還有更多開放著輕盈小花叢的纖細品種。把它們放朵在水裡可以相當持久。

• 可利用期：秋天。
• 處理方式(鮮花)：刮除花莖，並從底部剪開，然後直立放在深水中數小時。
• 採收乾燥：夏天。
• 乾燥方式：與壓花製品一起壓製。

詳見翠菊*Callistephus*。

紫萁 *Osmunda*

高大的落葉羊齒植物變種。

• 可利用期：夏天。
• 處理方式(鮮花)：直立在深水中數小時。嫩枝以沸水處理。
• 採收乾燥：夏天。
• 乾燥方式：鋪平風乾或是夾在報紙中，放在不是通道的地毯下壓平。

紫萼蘚 *Grimmia*

鮮綠色的苔蘚；是乾燥花樹、「造景」佈置或明亮春花花籃展示構成理想的基座。在新鮮插花中無需再次處理。

• 採收乾燥：夏天。
• 乾燥方式：放在籃子或盒子之內風乾。

紫菫 *Corydalis*

越來越常見的植物品種，但很難買到，除了黃菫之外。有金色線條的葉片上，開著纖細的黃色小花。

• 可利用期：夏天。
• 處理方式(鮮花)：直立放在深水中數小時。
• 採收乾燥：夏天。
• 乾燥方式：可以將花朵及葉片製成壓花。

紫燈花 *Brodiaea*

球莖植物，與繡球蔥相似。在中等高度的花莖上，開藍色或紫色的花穗。葉片通常在開花前就捲曲，所以不太搭配。

• 可利用期：夏天。
• 處理方式(鮮花)：直立放在深水中數小時。
• 採收乾燥：夏天。
• 乾燥方式：花朵個別製成壓花。

紫羅蘭 *Matthiola*

一年生及二年生植物，為最受歡迎的切花之一，具備色彩柔和而芳香的小型花塔。有粉紅、紫、白、黃和乳白等多種顏色。

在水中相當持久。

• 可利用期：夏天。花店：春天和夏天。

• 處理方式(鮮花)：直立在深水中數小時。

• 採收乾燥：夏天。

• 乾燥方式：花朵放入乾燥劑乾燥。

菅芒　Miscanthus

高大的裝飾性禾本植物，葉片及羽狀種子結球極具觀賞價值。有若干雜色品種，其中包括葉片上有水平黃色條紋者。藍綠色葉片乾燥後呈灰褐色。

• 可利用期：夏天。

• 處理方式(鮮花)：直立在深水中數小時。

• 採收乾燥：夏天和秋天。

• 乾燥方式：倒掛或直立在沒裝水的容器中風乾。

菊花　Chrysanthemum

以其多變的外形及溫暖的色調而成為受歡迎的切花。它們在水中可以維持很久。有些人不喜歡葉片的味道，也可以做為盆栽植物。大部分的菊花不用來乾燥，但野菊(C.vulgare)則可以拿來風乾。

• 可利用期：秋天。花店一年四季都買得到。

• 處理方式(鮮花)：將花莖從底部剪開，然後直立放在深水中數小時。

• 採收乾燥：夏天。

• 乾燥方式：可以製成單獨的壓花；或將花朵或花瓣以乾燥劑乾燥處理。

菜豆　Phaseolus

開白、紅、紫或黃色蝶形花的攀緣植物。不適合乾燥。

• 可利用期：夏天、秋天。

• 處理方式(鮮花)：直立在深水中數小時。

菜薊(朝鮮薊)　Cynara

有漂亮葉片及花結球的植物，後者如大型的球薊狀，可以是花苞、花朵或是種子。葉子是常綠植物，花苞可以乾燥後使用。

• 可利用期：花朵：仲夏。葉子：全年。

• 處理方式(鮮花)：直立放在深水中數小時。

• 採收乾燥：花朵：夏天。花苞：秋天。

• 乾燥方式：倒掛著風乾，或直立於空瓶中乾燥。

鱗毛蕨　Dryopteris

羊齒葉片非常容易壓平，因為它們以二度空間的方式生長，壓平之後，用於花飾中看起來十分自然。

• 可利用期：夏天。

• 處理方式(鮮花)：經沸水處理後，直立在深水中數小時。

• 採收乾燥：夏天。

• 乾燥方式：鋪平風乾或夾在報紙之中，放在不是通道的地毯下壓平。

黃楊　Buxus

常綠灌木，小而有光澤的葉片。非常持久，也有雜色葉的品種，與花朵不相配。

• 可利用期：全年。

• 處理方式(鮮花)：將花莖從底部剪開，然後直立放在深水中數小時。

• 採收乾燥：全年。

• 乾燥方式：直立在甘油中乾燥。

黃精　Polygonatum

優雅彎弧的花莖上生著白色鐘形小花，倒垂在擴張的葉片之下。外表非常清爽。

• 可利用期：春天和初夏。

• 處理方式(鮮花)：直立在深水中數小時。

• 採收乾燥：春天。

• 乾燥方式：用乾燥劑乾燥，或直立在甘油中保存。

黃櫨　Cotinus

非常有價值的灌木或樹木，有漂亮的紫色葉片。葉片呈簡單的圓形，可以在花飾中當做背景花材。同時也有秋天的氣息，所有的品種都可以在水中維持一段時間。

• 可利用期：夏天、秋天。

• 處理方式(鮮花)：刮除花莖，並從底部剪開，然後以沸水處理過花莖，再直立放在深水中數小時。

• 採收乾燥：秋天。

• 乾燥方式：倒掛著風乾，或製成壓花。

黑兒波(聖誕玫瑰)
Helleborus

一系列有趣的碟形冬花，色彩多變，由白色的聖誕玫瑰到李子色且具斑點的四旬齋玫瑰不等。綠色而有惡臭的黑兒波，大多是較小的杯形花。

• 可利用期：冬天、春天。

• 處理方式(鮮花)：用大頭針戳莖，接著經沸水處理後，直立在深水中數小時。

• 採收乾燥：冬天和春天。

• 乾燥方式：花以乾燥劑乾燥，葉直立在甘油中保存。葉和花以壓花器壓平。

黑種草　Nigella

耐寒一年生植物，開藍色花，有一圈鮮綠色的羽狀葉。在水中非常耐久。近乎球形的種子結球非常漂亮，而且容易乾燥。花必須放進溫暖通風的碗櫥或溫熱的烤箱中乾燥的效果較佳。

• 可利用期：夏天。

• 處理方式(鮮花)：直立在深水中數小時。

- 採收乾燥：夏天、初秋。
- 乾燥方式：倒掛風乾種子結球。

圓柏　*Juniperus*

是一種圓柱狀或伸展式的常綠針葉樹，全年的葉片皆可使用。且葉子顏色多變，從綠及藍色到金色不等。矮生的歐洲刺柏（*J. communis* 'Compressa'）小到整棵樹可以種在花盆中。

- 可利用期：全年。
- 處理方式（鮮花）：刮除花莖，並從底部剪開，然後直立在深水中數小時。
- 採收乾燥：夏天。
- 乾燥方式：球果個別放進盒子中乾燥。

榲桲（貼梗海棠）
Chaenomeles

花朵像上蠟般光亮，與蘋果花外形相似，緊密地叢聚在光滑的花莖上。顏色以紅色為主，但也有白色、粉紅、橘色。梨子外形的果實顏色十分奇特。

- 可利用期：花朵：春天。果實：秋天。
- 處理方式（鮮花）：刮除花莖，並從底部剪開，然後直立放在深水中數小時。
- 採收乾燥：春天。
- 乾燥方式：製成壓花。

煙草花　*Nicotiana*

開星形花的一年生植物。色彩多變，綠葉尤其重要。有些品種非常香，特別在入夜後。在水中能持久。

- 可利用期：夏天、秋天。
- 處理方式（鮮花）：直立在深水中數小時。
- 採收乾燥：夏天和秋天。
- 乾燥方式：花放入乾燥劑中乾燥或以壓花器壓平。

瑞香　*Daphne*

生長緩慢的小型灌木：花芳香，主要呈現紅、紫和白色，有少數呈現黃色。拉瑞娜（*D. laureola*）為常綠品種。不適合乾燥。

- 可利用期：晚冬、春和夏天。
- 處理方式（鮮花）：刮除花莖並從底部剪開，接著以沸水處理後，直立在深水中數小時。

當歸　*Angelica*

大型、白綠相間的半球狀花朵，葉片厚實，通常種植在藥用植物園內。體型高大，花和種子結球都是花飾中很好的花材。

- 可利用期：夏天。
- 處理方式（鮮花）：以沸水處理過花莖，然後直立放在深水中數小時。
- 乾燥方式：將種子結球直立放在甘油中保存。

碎葉腎蕨　*Nephrolepis*

常綠羊齒植物，通常做為盆栽。切下的葉片在水中相當耐久，且能順利壓平。

- 可利用期：全年。
- 處理方式（鮮花）：直立在深水中數小時。
- 採收乾燥：全年。
- 乾燥方式：夾在報紙中，放在不是通道的地毯下壓平。

落新婦　*Astilbe*

錐形羽毛狀的花朵，顏色從粉紅到淺紫、紅色、白色，以及乳白色品種繁多。葉子很有裝飾性。它們在水中不能持久，最好是在棕色的種子成形後採收下來。

- 可利用期：秋天。
- 處理方式（鮮花）：直立放在深水中數小時。
- 採收乾燥：春天。
- 乾燥方式：倒掛風乾，葉子可與壓花製品一起壓製。

落葉松　*Larix*

落葉針葉樹，春天時淺綠色新枝上附著剛形成的粉紅或紅色球果最為美麗。帶有小球果的枝條可在冬天時利用。

- 可利用期：葉：春天。球果：冬天。
- 處理方式（鮮花）：刮除花莖，並從底部剪開，然後直立在深水中數小時。嫩枝以沸水處理。
- 採收乾燥：秋天。
- 乾燥方式：枝條倒掛風乾，球果則放置於籃子中風乾。

葉牡丹（甘藍）　*Brassica*

許多葉牡丹都適合做為花飾，不只是圓形葉片的品種，包括高大的矛形抱子甘藍、白色和紫色花苞的硬花椰甘藍、白色的花椰菜、捲葉甘藍。甘藍及抱子甘藍都有紅色的品種，還有色彩豔麗的葉牡丹。不適合乾燥。

- 可利用期：甘藍：一年四季。抱子甘藍：秋天及冬天。葉牡丹：秋天。
- 處理方式（鮮花）：將葉片浸泡在水中約半小時，然後再直立於水中半小時。

葡萄　*Vitis*

可利用葉片或是果實，尤其是帶有秋天顏色者。葡萄藤能纏繞成1.2公尺長，構成質樸的花圈。在莖幹乾燥前將它彎曲成形。

- 可利用期：秋天。
- 處理方式（鮮花）：葉：經沸水處理後，直立在深水中數小時。果實：不要除去粉衣。
- 採收乾燥：冬天。
- 乾燥方式：直立在盛有少量水的容器中風乾，或使用壓花器壓平秋葉。

葡萄風信子　*Muscari*

短莖的球根植物，穗狀花序由

深淺不同的藍色香花組成。另有白色變種。
- 可利用期：春天。
- 處理方式(鮮花)：直立在深水中數小時。
- 採收乾燥：春天。
- 乾燥方式：花可以放入乾燥劑中乾燥。

蜀葵　Althaea

傳統的花材，有高大的紅色、粉紅、紫色、黃色、或白色穗狀花。能生長在任何環境下，有漂亮的種子結球。
- 可利用期：夏天。
- 處理方式(鮮花)：使用前，以沸水處理過枝莖，然後直立放在深水中數小時。
- 採收乾燥：夏天。
- 乾燥方式：種子結球：倒掛風乾。花朵：以乾燥劑乾燥。

蜂室花　Iberis

白色花梢平展或呈半球狀。另有粉紅和淡紫色的變種。莖短。在水中能持久。種子結球可以在植株上乾燥。
- 可利用期：春天。
- 處理方式(鮮花)：直立在深水中數小時。
- 採收乾燥：夏天。
- 乾燥方式：種子結球直立在甘油中保存。

補血草(蘇聯補血草，星辰花)　Limonium

色彩鮮明的花朵在水中非常持久。顏色範圍廣，以藍、黃和粉紅色居多。
- 可利用期：夏天和秋天。花店全年有售。
- 處理方式(鮮花)：直立在深水中數小時。
- 採收乾燥：夏天。
- 乾燥方式：倒掛或直立在沒裝水的容器中風乾。

誠實木　Lunaria

二年生及多年生植物提供兩種花時。春天時開紫或白色花。葉片呈優美斑點的變種。之後結近乎透明的種莢，在乾燥花飾中極為有用。
- 可利用期：花：春天。種莢：秋天。
- 處理方式(鮮花)：直立在深水中數小時。
- 採收乾燥：秋天。
- 乾燥方式：在植株上乾燥後，再除去外層鱗片，或倒掛或直立在沒裝水的容器中風乾。綠色種莢直立在甘油中保存。

鼠尾草　Salvia

灌木和多年生草本植物，開藍或紫色花構成的長穗狀花序。葉大多有香味。在水中相當持久。鄉村品種克拉鼠尾草('Clary')適合乾燥。粉萼鼠尾草（S. farinacea)乾燥後貌似色彩豐富的薰衣草。
- 可利用期：夏天、秋天。
- 處理方式(鮮花)：直立在深水中數小時。
- 採收乾燥：夏天。
- 乾燥方式：倒掛風乾。

椴(宜母子葉)　Tilia

結子細枝條的顏色可以在甘油溶液中加入鏽色染料增強，而為此花材賦予秋天的顏色。
- 可利用期：春天。
- 處理方式(鮮花)：經沸水處理後，直立在深水中數小時。
- 採收乾燥：夏天。
- 乾燥方式：倒掛風乾或將結子細枝條直立在甘油中保存。

溲疏　Deutzia

開成簇單瓣或重瓣白色或粉紅色小花的灌木。有些重瓣花長有可愛的穗毛。在水中相當持久。
- 可利用期：晚春和夏天。

- 處理方式(鮮花)：刮除花莖，並從底部剪開，然後直立在深水中數小時。
- 採收乾燥：春天和夏天。
- 乾燥方式：放入乾燥劑中乾燥小枝條。

嘉德麗亞蘭　Cattleya

多樣的氣生蘭花品種，有寬廣的葉面。最大的花朵直徑可達25公分。各式各樣品種可供選擇，花朵的顏色繽紛多姿，但以紫色為主。有些有香味。莖短而纖細，不適合乾燥。
- 可利用期：全天。
- 處理方式(鮮花)：放在深水中數小時。

榛木　Corylus

籬笆或矮樹叢附近常見的黃色菜黃花穗或羊尾巴狀的垂擺植物。歐洲榛「變形」品種，有微微扭曲的花莖。也有紫色葉片的品種，是很好的葉類花材。花莖乾燥後染色，可以做為節慶的裝飾或花飾。
- 可利用期：菜黃花序：冬末和春天。葉片：春天、夏天。
- 處理方式(鮮花)：將花莖從底部剪開，再直立放在深水中數小時。
- 採收乾燥：冬天。
- 乾燥方式：菜黃花序：倒掛著風乾或以直立放入甘油保存。花莖：直接用於花飾。

漏盧　Echinops

受歡迎的花壇植物，長滿尖刺的球形花頭受蜜蜂青睞。藍色花的單州漏盧最為常見，另外還有淺綠及白色品種。插在水中不但高大而且非常持久。在花盛開之前採摘乾燥。
- 可利用期：夏天。
- 處理方式(鮮花)：直立在深水中數小時。幼嫩者以沸水處理。

- 採收乾燥：夏天。
- 乾燥方式：倒掛風乾或將成熟的花在甘油中保存。

福祿考　*Phlox*

高大的花壇植物。大型花冠色彩明亮、顏色有白、藍、粉紅、紅和淡紫等色。能持久。
- 可利用期：夏天。
- 處理方式(鮮花)：將花莖從底部剪開，然後直立在深水中數小時。
- 採收乾燥：夏天。
- 乾燥方式：花朵個別使用壓花器壓平。

綿棗兒　*Scilla*

短莖的球根植物，可利用的星形花有藍、紫或白色。
- 可利用期：春天。
- 處理方式(鮮花)：直立在深水中數小時。
- 採收乾燥：春天。
- 乾燥方式：用乾燥劑乾燥或做成花糖。

聖星百合　*Ornithogalum*

球根植物，細小枝條或穗狀花序上開著小白花。可以在水中非常持久。
- 可利用期：春天。花店全年供應。
- 處理方式(鮮花)：直立在深水中數小時。
- 採收乾燥：春天。
- 乾燥方式：將花朵個別放入乾燥劑中乾燥，或以壓花器壓平處理。

翠珠花(芫荽花)　*Anthriscus*

籬笆旁常見的野生植物，高大，在纖細蕾絲般的花莖上有大而扁平的白色花朵。在水中可以持久，但容易流出細微、黏稠的蜜汁。
- 可利用期：春天。

- 處理方式(鮮花)：以沸水處理過花莖，然後直立放在深水中數小時。
- 乾燥方式：倒掛風乾種子結球。

翠菊　*Callistephus*

類似雛菊的一年生植物，有多種類的亮麗顏色傳統的花材。花朵多半是單獨或成雙出現，在水中可以持久。
- 可利用期：秋天。
- 處理方式(鮮花)：直立放在深水中數小時。
- 採收乾燥：夏末或秋天。
- 乾燥方式：製成壓花或以乾燥劑乾燥。

蓋蹄蕨(淑女羊齒)　*Althyrium*

是一種綠色、優雅的複葉淑女羊齒，做為鮮花的背景或與其他觀葉植物搭配時，看起來會非常美麗。
- 可利用期：夏天。
- 處理方式(鮮花)：以沸水處理過花莖，然後直立放在深水中數小時。
- 乾燥方式：夾在報紙中，放在不是通道的地毯下壓平，或者與壓花製品一起壓製。

辣椒(甜椒)　*Capsicum*

綠色、或豔麗紅色的果實，外皮光滑閃亮，在花飾中是受人注目的焦點。市場購買的果實不如自己栽種的持久。乾燥後辣椒容易變皺。
- 可利用期：秋天或商店中四季都買得到。
- 處理方式(鮮花)：上光打蠟。
- 採收乾燥：秋天。
- 乾燥方式：倒掛風乾。

銀葉菊　*Senecio*

黃色雛菊狀的花配著具有觀賞價值的綠或灰色葉片。乾燥銀葉

菊(*S. grevi*)時，最好是在黃花開放之前摘取，因它的葉片和花蕾比較吸引人。
- 可利用期：夏天。
- 處理方式(鮮花)：從花莖底部剪開，直立在深水中數小時。
- 採收乾燥：夏天。
- 乾燥方式：倒掛風乾，或以壓花器壓平個別葉片。

銀樺　*Dryandra*

開橘色及紅色花的澳洲常綠灌木。
- 可利用期：春天。
- 處理方式(鮮花)：刮除花莖，並從底部剪開，然後直立在深水中數小時。
- 採收乾燥：夏天。
- 乾燥方式：倒掛風乾。

銀樺　*Grevillea*

畏寒灌木，可利用其常綠羊齒狀葉片及黃色和紅色小瓣花朵。切下後仍很持久。
- 可利用期：夏天。
- 處理方式(鮮花)：刮除花莖，並從底部剪開，然後直立在深水中數小時。
- 採收乾燥：夏天。
- 乾燥方式：倒掛風乾葉片或直立在甘油中保存。

銀蘆　*Cortaderia selloana*

在粉紅色或乳白色的銀蘆羽狀圓錐花完全成形時，噴灑髮膠以防止穗狀的種子剝落。可單獨擺放它們，或與其他的禾本科植物搭配；也可以將羽狀圓錐花分成幾份，用在較小型的花飾中。
- 可利用期：秋天。
- 處理方式(鮮花)：直立放在深水中數小時。
- 採收乾燥：秋天。
- 乾燥方式：直立放在盛有少量水份的瓶中風乾，或以甘油保存。

鳶尾　*Iris*

花期很長，從初冬的爪花鳶尾（*I. unguicularis*)開始，接著是冬天和春天的小型網葉鳶尾（*reticulatas*)，最後以夏天較高大的品種告終。有些具香味。不適合乾燥。

- 可利用期：冬天、春天和夏天。全年花店均有。
- 處理方式(鮮花)：直立在深水中數小時。

鳳蘭　*Tillandsia*

這種特別的植物看起來像狹長的灰色乾草。它為花束和繩索構成蕾絲狀周邊，還可用以覆蓋框架和基座。不適合鮮花花飾。

- 採收乾燥：任何時間。
- 乾燥方式：倒掛風乾。

蒔蘿　*Anethum*

白色的花蕊形成花飾中纖細的花紋圖案。花莖在長時間放置之後仍有香味。

- 可利用期：夏天。
- 處理方式(鮮花)：以沸水處理過花莖，然後直立放在深水中數小時。
- 採收乾燥：夏天。
- 乾燥方式：倒掛風乾。

非洲鳶尾　*Acidanthera*

白色劍蘭般的花，在花喉處有深色斑點。香味甜美，高聳有著細長的葉片。

- 可利用期：初秋。
- 處理方式(鮮花)：直立放在深水中數小時。
- 採收乾燥：初秋。
- 乾燥方式：花朵以乾燥劑乾劑。

劍蘭(唐菖蒲)　*Gladiolus*

這是著名的球根植物，花莖高而微彎，頂端開色彩鮮明的花。葉片呈長劍狀。除純藍色外具備

大部分色彩。在水中能持久。

- 可利用期：夏天、秋天。
- 處理方式(鮮花)：除去頂苞，刮除花莖，並從底部剪開，然後直立在深水中數小時。
- 採收乾燥：夏天和秋天。
- 乾燥方式：較小的花放入乾燥劑中乾燥。

花楸(歐洲山梨)　*Sorbus*

落葉喬木，可利用其成簇的白花、具優美秋色的銀色葉片，以及橘、粉紅或白色漿果。

- 可利用期：花：春天。葉：夏天或秋天。漿果：秋天。
- 處理方式(鮮花)：刮除花莖，並從底部剪開，然後直立在深水中數小時。
- 採收乾燥：夏天和秋天。
- 乾燥方式：花朵個別使用壓花器壓平。

歐洲野菊　*Anthemis*

白色圓心狀小花，乾燥後成為一個個堅硬的泡泡狀。可以試著將它們染成鮮明的顏色。不適合做鮮花的花飾。

- 採收乾燥：夏天。
- 乾燥方式：倒掛著風乾。

線形瞿麥(滿天星)　*Gypsophila*

極優雅的植物，細鐵絲狀的花莖，優美的白色花朵蓬鬆的成為小團。另有粉紅色變種，在水中能持久。

- 可利用期：夏天。
- 處理方式(鮮花)：直立在深水中數小時。
- 採收乾燥：夏天。
- 乾燥方式：直立裝有少量水的容器中或倒掛風乾。花以壓花器壓平或以乾燥劑乾燥。

蝴蝶草　*Buddleia*

會散發香味的灌木，長條穗狀

花穗有淺紫、紫色、或白色。所有的品種都有球形的橘色或黃色花朵。要先摘除掉銀灰色或綠色的葉片，因為它們不會持久。不適合乾燥。

- 可利用期：春天、夏天、秋天。
- 處理方式(鮮花)：以沸水處理過花莖，然後直立在深水中數小時。

衛矛　*Euonymus*

落葉的衛矛因其秋天的顏色，以及開起來像主教帽子的紅色漿果而具有觀賞價值。常綠品種以光滑的葉片有雜色而受人重視。不適合乾燥。

- 可利用期：秋天利用其色調和漿果。常綠葉片全年可用。
- 處理方式(鮮花)：刮除花莖，並從底部剪開，然後直立在深水中數小時。

豬草　*Heracleum*

植株極高大，具白色花輪，類似珠翠花。汁液可能引起皮膚過敏。種子結球乾燥之後，可加以利用。

- 可利用期：夏末。
- 處理方式(鮮花)：經沸水處理後，直立在深水中數小時。
- 採收乾燥：秋天。
- 乾燥方式：直立在裝有少量水的容器中風乾，或是直立在甘油中保存。

輪峰菊(玉珠花)　*Scabiosa*

藍、淡紫、白或淺黃色盤形花。有重瓣變種可利用。在水中能相當持久。花在乾燥時，會縮得相當小。

- 可利用期：夏天。
- 處理方式(鮮花)：直立在深水中數小時。
- 採收乾燥：夏天和秋天。
- 乾燥方式：可以倒掛風乾，或

將盛開的小花放入乾燥劑中乾燥。

醋栗(花醋栗)　*Ribes*

落葉灌木，有垂懸的成簇粉紅或是紅色小花，以及脈紋稠密的清新葉片。可以人工加速栽培。

• 可利用期：春天。
• 處理方式(鮮花)：刮除花莖，並從底部剪開，接著經沸水處理後直立在深水中數小時。
• 採收乾燥：春天。
• 乾燥方式：葉片以壓花器壓平。

靠壁藤(杯盤花)　*Cobaea*

一年生或多年生的攀緣植物，有紫或淺綠色的大型鐘鈴狀花朵。

• 可利用期：夏天、秋天。
• 處理方式(鮮花)：直立放在深水中數小時。
• 採收乾燥：夏天及初秋。
• 乾燥方式：花朵以乾燥劑乾燥。

墨西哥橙　*Choisya*

白色芳香的花叢被有光澤的葉片所圍繞，形成天然的小花束。葉子本身就很有價值。葉子適合以甘油來保存；會呈現一種柔和的乳白色。

• 可利用期：花朵：夏天。葉片：全年。
• 處理方式(鮮花)：刮除花莖，並從底部剪開，然後直立放在深水中數小時。
• 採收乾燥：夏天。
• 乾燥方式：葉片直立在甘油之中保存。

樺木　*Betula*

這種樹木在冬天具有優雅光滑的樹枝，在春天有嫩綠的葉片及細枝。春天時還會長出小小的葇荑花序，秋天有葇荑花序般的種

子，如階梯般的向下垂擺。樺木的品種眾多，有各種顏色的樹皮及不同大小的葉片。染色乾燥後的細枝適用於聖誕節的裝飾及花飾，或是花環的基座。

• 可利用期：花莖：一年四季。葉片：春天、夏天。
• 處理方式(鮮花)：刮除花莖，並將它從底部剪開，然後放在深水中數小時。
• 採收乾燥：冬天。
• 乾燥方式：將細枝和花莖風乾後用於花飾。

橢圓葉流蘇花　*Garrya*

具有觀賞價值的常綠灌木。在一片荒蕪的冬天裡，開綠色絲質長穗狀的花。在水中能持久。

• 可利用期：冬天。
• 處理方式(鮮花)：刮除花莖，並從底部剪開，然後直立在深水中數小時。
• 採收乾燥：冬天。
• 乾燥方式：花穗成熟後直立在甘油中保存。

澳洲佛塔樹　*Banksia*

澳洲的常綠樹也是灌木，有誇張的圓錐形黃色或紅色花朵傳統的花朵。很柔嫩，只能在暖房或溫室中成長，除了氣候很溫和的地區之外。

• 可利用期：夏天。
• 處理方式(鮮花)：刮除花莖，並將它從底部剪開。然後直立放在深水中數小時。
• 採收乾燥：春天。
• 乾燥方式：倒掛風乾。

燈籠草　*Kalanchoe*

畏寒的肉質植物，通常植為盆栽，經年開花。花有白、粉紅、紅或黃等色。不適合乾燥。

• 可利用期：全年。
• 處理方式(鮮花)：花直立在深水中數小時。

燈籠草或囊果草　*Physalis*

包圍著果實的亮橘色紙燈籠，使這些植物極為引人注目。

• 可利用期：秋天。
• 處理方式(鮮花)：當橘色剛顯現時摘取。除去葉片。直立在深水中數小時。
• 採收乾燥：秋天。
• 乾燥方式：倒掛風乾。

燕麥　*Avena*

燕麥纖細的垂掛式麥穗，在青色未成熟時或成熟呈蜂蜜色時，都可以做為乾燥花材。

• 可利用期：夏天。
• 處理方式(鮮花)：直立放在深水中數小時。
• 採收乾燥：夏天。
• 乾燥方式：倒掛風乾，或放在空瓶裡直立著。

糖槭　*Acer*

有綠色、黃色、棕色，以及紫色葉片的樹木，散發濃郁的秋天氣息。有些楓樹長的非常緩慢，不適合重覆摘取。有些會在春天長出漂亮的葉子和芬芳的花朵。

• 可利用期：一般顏色的葉片在夏季，深色的葉片在秋季。
• 處理方式(鮮花)：刮除花莖，並從底部剪開，直立在深水中數小時。漂在水面或浸在水中的葉片可以做小型花飾。
• 採收乾燥：夏天和秋天。
• 乾燥方式：夏天及秋天的葉片都夾在報紙中間，存放在盒子裡。
• 壓花：與其他的壓花製品一起壓製。

蕙蘭　*Cymbidium*

美麗的懸空細枝，有各種不同色彩的進口蘭花，除了藍色以外。放在水中可以維持很久。

• 可利用期：花店全年都買得到。

- 處理方式(鮮花):直立放在深水中數小時。
- 採收乾燥:全年。
- 乾燥方式:以乾燥劑乾燥。

蕨類　*Ferns*

形狀和質地品種繁多:有的像細絲、有的則像皮帶。葉片呈現各種不同的綠色。切下後插在水中可持續很久。

- 可利用期:春天、夏天。
- 處理方式(鮮花):直接以火焰將莖末端燒焦,再直立在深水中數小時。嫩枝以沸水處理。
- 採收乾燥:春天和夏天。
- 乾燥方式:鋪平晾乾或夾在報紙之中,放在不是通道的地毯下壓平。

貓柳　*Salix*

樹皮顏色多變的喬木和灌木,可在冬天利用。大多數還著生有趣的柳絮,它們應該在黃色花粉飄散前予以保存。

- 可利用期:莖:冬天。柳絮:冬末和春天。葉:春天至秋天。
- 處理方式(鮮花):刮除花莖並從底部剪開,然後直立在深水中數小時。
- 採收乾燥:全年。
- 乾燥方式:葉倒掛風乾。柳絮則直立在甘油中保存。

錦葵　*Lavatera*

開鮮明的粉紅或白色喇叭形花的一年生植物。也有多年生的品種,但色彩較暗淡,並不十分吸引人。切下後放在水中應該很耐久。

- 可利用期:夏天、秋天。
- 處理方式(鮮花):先將之以沸水處理後,再直立在深水中數個小時。
- 採收乾燥:夏天和秋天。
- 乾燥方式:花以壓花器壓平或放入乾燥劑中乾燥。

龍膽　*Gentiana*

直立的喇叭狀花朵呈鮮藍色,大多數的莖都不高,但也有體型較大者,例如,長莖龍膽(*G. asclepiadea*),高達60公分。有此品種具有白色變種。

- 可利用期:春天至秋末。
- 處理方式(鮮花):直立在水中置於溫暖明、亮處至全開。
- 採收乾燥:秋天。
- 乾燥方式:用乾燥劑乾燥。

嚏根草　*Helenium*

中等高度,莖的頂端長有成簇雛菊狀黃色花。另有橙色和褐色變種。在水中相當持久。

- 可利用期:夏天、秋天。
- 處理方式(鮮花):從花莖底部剪開,接著經沸水處理後,直立在深水中數小時。
- 採收乾燥:夏天和秋天。
- 乾燥方式:花以乾燥劑乾燥。

檜扇水仙(姬唐菖蒲)　*Crocosmia*

高大的球根植物,有類似菖蒲的葉片,以及明亮的橘色花朵垂掛在細枝上。各有各式各樣的黃色品種可供選擇,在水中可以維持很久。

- 可利用期:夏末和秋天。
- 處理方式(鮮花):直立放在深水中數小時。
- 採收乾燥:夏天。
- 乾燥方式:豆莢:倒掛著風乾。花朵:以乾燥劑乾燥或製成壓花。

伯利恆鼠尾草　*Pulmonaria*

生長低矮的花壇植物,開藍、紫、粉紅或紅色花。有些變種具銀色、雜色或綴斑點的葉片。

- 可利用期:春天,但冬天也有一些。
- 處理方式(鮮花):直立在深水中數小時。

霞花　*Camassia*

球根會生出長莖,開藍色或白色的星型穗狀花。在水中不能維持太久,但藍色的色彩非常珍貴。種子結球可以攤開來乾燥保存。

- 可利用期:夏天。
- 處理方式(鮮花):直立放在深水中數小時。
- 採收乾燥:花朵:夏天。
- 乾燥方式:花朵以乾燥劑乾燥。

耬斗菜　*Aquilegia*

傳統的鄉間野花,只能在水中短暫存活,但頗適合做為切花,因為它有各式各樣的外形及顏色都很適合做為切花,以麥坎納(*Mckana*)的混和種最佳。

- 可利用期:夏天。
- 處理方式(鮮花):直立放在深水中數小時。
- 採收乾燥:夏天。
- 乾燥方式:花朵以乾燥劑乾燥。

繡球花　*Hydrangea*

大團頭狀花的灌木,有白、藍、淡紫、粉紅和紅色。另有具尖銳花穗和細緻洋繡球的變種,沿著已結果的小型小花周圍只開少數大型不孕小花。

- 可利用期:夏天、秋天。
- 處理方式(鮮花):從花莖底部剪開,然後直立放入深水中數小時。
- 採收乾燥:秋天。
- 乾燥方式:在苞片變薄時倒掛,或直立在裝有極少量水的容器中風乾。葉子可以直立在甘油中保存。苞片則個別以壓花器壓平處理。

繡球蔥　*Allium*

球莖會開出圓球狀的紫色或粉紅色花朵，也有藍色、白色、黃色品種。持久；乾燥後其花朵及種子結球可用於花飾。

- 可利用期：春天及夏天。
- 處理方式（鮮花）：直立放在深水中數小時。
- 採收乾燥：夏天。
- 乾燥方式：倒掛風乾或放在空花瓶中，種子結球則直立在甘油保存。

繡線菊　*Spiraea*

落葉灌木，成團的白或粉紅色小花生長在小枝條或平展的花冠中。有葉片雜色的品種。

- 可利用期：春天。
- 處理方式（鮮花）：刮除花莖，並從底部剪開，然後直立在深水中數小時。
- 採收乾燥：春天。
- 乾燥方式：花放入乾燥劑中乾燥。

藍雲杉（針樅）　*Picea*

常綠針葉樹，利用其樹葉，特別是做為聖誕樹。

- 可利用期：全年。
- 處理方式（鮮花）：刮除花莖，並從底部剪開，然後直立在深水中數小時。
- 採收乾燥：全年。
- 乾燥方式：葉片可在花飾中風乾，球果則置於籃子風乾。

薰衣草　*Lavandula*

葉片呈灰色的灌木，長莖上長著淺紫色花穗。植株散發濃烈的香味。有較深的紫色以及白色品種。在花苞剛開時就摘取；稍微延遲花朵就會脫落。在溫暖通風的碗櫥中乾燥得最快，有助於固定花朵。

- 可利用期：夏天、秋天。
- 處理方式（鮮花）：直在深水中

數小時。

- 採收乾燥：夏天。
- 乾燥方式：倒掛風乾。

雞冠花　*Celosia*

外觀華麗的植物，有豔麗的紅色或黃色羽毛狀花朵。

- 可利用期：夏末和秋天。
- 處理方式（鮮花）：以沸水處理過花莖，然後直立放在深水中數小時。
- 採收乾燥：夏天。
- 乾燥方式：倒掛風乾。

麒麟菊　*Liatris*

若干具有紫色羽毛狀花構成長型穗狀花序的品種。其不尋常處在於它們的花從花穗頂端往下開。要乾燥時，在大多數花都開放時摘取。在水中能持久。

- 可利用期：夏天、秋天。
- 處理方式（鮮花）：直立在深水中數小時。
- 採收乾燥：夏天。
- 乾燥方式：倒掛風乾。

櫟（針櫟）　*Quercus*

所有櫟樹葉片都適合壓平，不管是夏天的綠葉，或是秋天開始變色者。

- 可利用期：春天至秋天。
- 處理方式（鮮花）：刮除花莖，並從底部剪開，然後直立在深水中數小時。
- 採收乾燥：夏天。
- 乾燥方式：夾在報紙中，放在不是通道的地毯下壓平。

懸鉤子（黑莓、樹莓）　*Rubus*

多刺的蔓生灌木，有淡紫色的花和黑色漿果，兩者往往同時存在。不適合乾燥。

- 可利用期：秋天。
- 處理方式（鮮花）：刮除花莖，並從底部剪開，然後直立在深水中數小時。

礬根草（珊瑚花）　*Heuchera*

細莖上長著優雅的花。顏色有白、奶白、粉紅，以及紅色。在水中能相當持久。

- 可利用期：夏天。
- 處理方式（鮮花）：直立在深水中數小時。
- 採收乾燥：夏天。
- 乾燥方式：葉片個別和枝條利用壓花器壓平，或是將枝條以乾燥劑乾燥。

罌粟（鴉片）　*Papaver*

色彩鮮明的花，花瓣像紗一樣的薄。在水中不持久；當花蕾透出色彩時摘取。

- 可利用期：夏天、秋天。
- 處理方式（鮮花）：花蕾綻開時剪下。直接在火焰上封住多汁的莖，或以沸水處理後直立在深水中數小時。
- 採收乾燥：夏天。
- 乾燥方式：倒掛風乾種子結球或直立在甘油中保存。花以壓花器壓平。

蘆筍　*Asparagus*

首先長出來的尖釘或矛狀果實最具價值了，其次是下面細長呈羽毛狀的葉子。秋天會結紅色的莓果，但葉片在開始變黃時就凋零了。

- 可利用期：矛狀果實：初夏。葉片：夏天，花店全年有賣。
- 處理方式（鮮花）：直立放在深水中數小時。
- 採收乾燥：夏天。
- 乾燥方式：與壓花製品一起壓製。

蘋果　*Malus*

落葉喬木，春天開帶粉紅色的花，秋天結發亮而大小不一的綠、黃或紅色蘋果。有些則具有裝飾性葉片。

- 可利用期：花：春天。葉：夏

天、秋天。果實：秋天。

• 處理方式（鮮花）：刮除花莖，並從底部剪開，然後直立在深水中數小時。

• 採收乾燥：春天和秋天。

• 乾燥方式：將樹枝直立在裝少量水的容器中風乾果實。花以壓花器壓平。

鐘鈴花　*Penstemon*

色彩明亮精緻的管狀花構成穗狀花序。有紅、粉紅、紫和藍等顏色。在水中不持久。

• 可利用期：夏天、秋天。

• 處理方式（鮮花）：直立在深水中數小時。

• 採收乾燥：夏天和秋天。

• 乾燥方式：花朵個別以壓花器壓平，或放入乾燥劑中乾燥。

櫻草（報春花、蓮香花、阿爾卑斯櫻草）　*Primula*

短莖的花，大多呈黃色，也有其他明亮的顏色，包括藍和淡紫。許多品種都帶香味。

• 可利用期：春天。冬天可以種植為盆栽。

• 處理方式（鮮花）：直立在深水中數小時。

• 採收乾燥：春天。

• 乾燥方式：以乾燥劑乾燥，或以壓花器壓平或做成花糖。

蘭花雙葉草（拖鞋蘭）　*Cypripedium*

有拖鞋狀囊袋的奇特蘭花，花苞生長在像上蠟般光亮的髭鬚之上。不像其他蘭花豔麗。

• 可利用期：夏天。

• 處理方式（鮮花）：直立放在深水中數小時。

• 採收乾燥：夏天。

• 乾燥方式：以乾燥劑乾燥。

蠟菊（不凋花）　*Helichrysum*

色彩豐富的雛菊狀花，有薄的

苞片而非花瓣。它們可能是黃、褐、橘、紅或粉紅色。鮮花非常持久，也適合乾燥。

• 可利用期：夏天。

• 處理方式（鮮花）：直立在深水中數小時。

• 採收乾燥：夏天在盛開之前。

• 乾燥方式：倒掛風乾。

鐵線蓮　*Clematis*

攀緣植物也是藥用植物，小型品種可以做理想的垂吊花飾，大型品種能單獨使用。藥用品種在水中能維持很久，種子結球也可以運用在花飾上。

• 可利用期：春天、夏天、秋天。種子結球：秋天。

• 處理方式（鮮花）：將花莖從底部剪開，以沸水處理過，然後直立放在深水中數小時。

• 採收乾燥：夏末。

• 乾燥方式：倒掛風乾種子結球，花朵製成壓花。

纈草　*Centranthus*

大型頭狀花有深粉紅或深紅花朵，有厚實的花莖及葉片。也有白色的品種，不適合乾燥。

• 可利用期：夏天。

• 處理方式（鮮花）：以沸水處理過嫩枝，然後直立放在深水中數小時。

籟簫（山荻）　*Anaphalis*

銀灰色的觀葉植物，開有迷小的白色或黃色圓心花朵。

• 可利用期：夏天、秋天。

• 處理方式（鮮花）：直立放在深水中數小時。

• 採收乾燥：夏天，在完全盛開之前。

• 乾燥方式：倒掛風乾，或直立放在空花瓶中。

顯子草　*Phaenocoma*

花呈特別鮮豔的粉紅色，比與

其相似的鱗托菊和蠟菊兩者都來得強烈，它們被微小的銀灰色葉片襯托著。

• 可利用期：夏天。

• 處理方式（鮮花）：直立在深水中數小時。

• 採收乾燥：夏天。

• 乾燥方式：倒掛風乾。

鱗托菊　*Helipterum*

這些精緻的雛菊乾燥後仍顯得清新，尤其成束組合在花飾中。花的變通性極大，不論在大型或小型的花飾中，單獨或混合其他乾燥花都很耐看。

• 可利用期：夏天。

• 處理方式（鮮花）：直立在深水中數小時。

• 採收乾燥：夏天在全開之前。

• 乾燥方式：倒掛風乾。

鬱金香　*Tulipa*

著名的球根植物，色彩明亮的杯狀花呈現各種顏色，包括接近黑色。在水中能持久。

• 可利用期：春天和夏天。冬天可在花店購得。

• 處理方式（鮮花）：以紙包裹花莖，使之保持筆直，然後直立在深水中數小時。

• 採收乾燥：春天。

• 乾燥方式：以乾燥劑乾燥，或以壓花器壓平花瓣。

鸛嘴花　*Erodium*

類似天竺葵的小型花朵有粉紅和白色兩種。葉和花都可以製成壓花。

• 可利用期：夏天。

• 處理方式（鮮花）：直立在深水中數小時。

• 採收乾燥：夏天。

• 乾燥方式：用壓花器壓平。

索　引

國家圖書館出版品預行編目資料

生活花藝完全指南 / Malcolm Hillier著：方
貞云,葉萬音翻譯. -- 初版. -- 臺北市：
　貓頭鷹出版：城邦 文化發行, 2000〔民89〕
　　面：　公分. --（DIY生活科：15）
　　譯自：Flower arranging
　　ISBN 957-0337-41-9（平裝）

　　1. 花藝 - 手冊,便覽等 2. 乾燥花 - 手冊,
便覽等

　971.026　　　　　　88017520